# 中东死生门

## 巴以行走观察

周轶君——著

中信出版集团 | 北京

图书在版编目（CIP）数据

中东死生门：巴以行走观察 / 周轶君著 . -- 北京：中信出版社，2017.7（2025.1 重印）
ISBN 978-7-5086-7643-2

Ⅰ . ①中… Ⅱ . ①周… Ⅲ . ①纪实文学－中国－当代 Ⅳ . ① I25

中国版本图书馆 CIP 数据核字（2017）第 117465 号

中东死生门——巴以行走观察
著者：　周轶君
出版发行：中信出版集团股份有限公司
（北京市朝阳区东三环北路 27 号嘉铭中心　邮编　100020）
承印者：　北京通州皇家印刷厂

开本：880mm×1230mm 1/32　印张：10.25　字数：92 千字
版次：2017 年 7 月第 1 版　印次：2025 年 1 月第12次印刷
书号：ISBN 978-7-5086-7643-2
定价：78.00 元

中东死生门

目 录

CONTENTS

# 前言

比利·林恩被从伊拉克战场抽回美国，为超级碗橄榄球赛中场走秀。漫天喷发的烟花在士兵们眼中与伊拉克战场激战的画面重叠。短暂回国，发现他们在前方浴血，后方民众并不理解他们在干什么，莫名其妙的问询，不明就里的崇拜，或是巧取豪夺他们的故事。娱乐与爱国混杂，整个仪式不知在荣耀什么。

两个世界的巨大反差，令比利·林恩和战友们不适。影片结尾，大兵们说：带我们回去吧，回到安全的地方。战场，反是他们的安全之地。那里的一切直截了当，是他们熟悉了的规则。

我有过一次规模小很多的“中场体验”。一个人在加沙报道一年后，回国休假。随意走进北京西单一家商场，一楼正在举办促销活动，一男一女两个主持人站在台上，声嘶力竭播音腔十足，卖力地推销商品，热情而空洞的音乐喧天。我站在三层看着，只觉得这个世界离我好远。加沙的生活，直面生死，容不下矫情造作，类禅宗棒喝，立见分野。

“这是我人生中第一次，体验到比自己更大的东西。”一遍一遍给美国同胞做事迹报告时，大兵们说着听众期待的套话大话。私下和一个女孩亲热时，比利·林恩才打开心扉，认真描摹战场归来的感受。

死生之间的那道窄门之后，活出一大片天地，比利·林恩穿过窄门的那个瞬间，就是与伊拉克武装人员肉搏，直视那个人的眼睛，直到对方的生命熄灭的时候，紧接着又是班长的离去。直面死生的刹那，他体验到比自己更大的东西。那东西是什么，难以用语言接近。原著这样说："沉默才更接近真实的体验"。在比利·林恩沉默的泪水中，中场走秀的喧嚣，显得多么轻佻。

2002 年 8 月至 2004 年 8 月，我作为新华社记者常驻巴勒斯坦加沙地带，一个人待了整整两年。去时想法很简单，年轻记者渴望经历和荣誉。但是，每日上演的生死，很快将虚荣心涤荡干净。长久的绝望与煎熬，带我沉下去，看见更多。

我曾看见生命在眼前消失，闻到空气中血肉与钢铁撞击的味道，尝到失去亲人苦涩的泪水。战争双方，承受着同样的痛苦，却谁也欲罢不能。

生与死迅速翻转，各种荒谬相互映照。比利·林恩在这过程中渐渐接近"大过自我的东西"，因此成长。我爱上这部电影，同时担心它可能不卖座。死生之说，太过抽象难以言说，会遇到座中泣下最多的知音，却不可能变成人人哼唱的 La La Land。再者，赞美大众的电影容易走红，而《比利·林恩的中场战事》

讽刺了大众。我后来在美国看过一次 NBA 美国职业篮球赛现场，开场奏国歌，中场也是战争英雄走秀。那一场亮相的，是一名曾经在波斯湾和沙特服役的美军女兵。女兵仅仅出场一两分钟，看上去相当享受，家人上来拥抱，全场沸腾，无人困惑。超级碗橄榄球赛、NBA，乃至 Rodeo 牛仔竞技大会，美国人的大众娱乐，都有爱国主义狂欢贯穿其中。

2005 年第一次出版《离上帝最近》，讲述两年间在巴勒斯坦和以色列的种种观察。回头看，不能不为处女作的粗糙而羞愧。当年凭直觉往纸上喷，技巧欠奉，尽管也有朴实灵性的东西，让人心头一热。近些年时常收到询问，说当年的版本很难再买到，于是想到重新出版。再版不是初版的重复，新闻早已过去，时间地点的线索不再重要。风云领袖随风逝去，黄土茫茫不知何处。留下来的，打败时间的，竟是芸芸众生的日常，大乱中有小静，爱恨生死如旋转门。当时在加沙兼做文字和摄影记者，日出拍照，日落写字，保留了一批影像。此次再版，尽可能抽去、剥离具体时间和地点，而突出放之任何时空皆通的、人的故事。

天下万物皆有时，争战有时，和好有时。我在加沙那两年，巴以双方争战不止，最近这几年，局势暂时平静下来。中东的新焦点转向伊斯兰国、伊朗核问题以及阿拉伯之春后的政治秩序。耐人寻味的是，当所有政客为巴以奔走时，双方残杀的表演越停不下来，移开视线之后，似有转机。

阿拉伯人和犹太人的冲突，可以追溯到一百年以上的历史，或许是这个星球上绵延至今，最古老的战争，让全人类束手无策，至今没有完美的解决方案。巴勒斯坦建国势在必行，但建国之后呢？双边妥协向来会激化内部争斗，如 1993 年《奥斯陆协议》以以色列总理拉宾遇刺、哈马斯人体炸弹袭击日盛为结局。

以色列与巴勒斯坦冲突的故事似乎陷于循环，死结除了政治复杂角力，还在于敌对双方的主流叙述，都拒绝视对方为“人”，而限定为魔鬼。发动大众跟魔鬼作战是容易的，围剿人，则会遭遇各种道义束缚。在我两年的拍摄中，从没有见过纯粹的魔鬼或天使，流泪的流血的都是人。“妖魔化”对方的手法，在全世界各种冲突中都可以见到。

记得曾有一天，在加沙一家肉铺，店主撕下一角报纸包肉。我一眼看见爱德华 · 赛义德的照片，连忙阻止。那是几个月前，美籍巴勒斯坦大知识分子爱德华 · 赛义德的讣告。赛义德是享誉世界的学者，著作《东方学》极具争议，政治主张亦不同于阿拉法特政府。无论如何，令人信服的是，他坚持未来存在于巴以人民的共处共融。赛义德在一次采访中，回忆中东战争期间，参加一个国际文化交流活动，团队里有阿拉伯乐手和以色列乐手。“刚开始，阿以乐手不知如何相处，一个以色列乐手说，我结束三星期的表演之后还要回军队打仗，杀阿拉伯人，所以我不跟他们说话。结果，三星期后，他同一个叙利亚小提琴手相爱了……”赛义德的梦想是回巴勒斯坦教书，深通音律的他要教巴勒斯坦孩子欣赏西方音乐。他相信拓宽文化身份认同，才能拯救下一代。

2013 年“阿拉伯偶像”（阿拉伯世界的“中国好声音”）选拔中，也曾冒出一个崭新的加沙人形象。一样是出生难民营，一样是偷越边境，穆罕默德·阿萨夫离开加沙后的目的地，不是跑去以色列做人弹，而是去埃及参加阿拉伯偶像选举，一路唱到冠军，所有阿拉伯人为之疯狂。阿萨夫成名后，难免被贴上各种政治标签，但他不断和与生俱来的身份斗争，希望走出更广阔的天地。巴以和平最终的出路，正是在于推倒心理藩篱，打破各自文化与宗教的身份格局。当然，这对政治强势方相对容易，而弱势方则如负重前行举步维艰。

这本书为中东百年旧怨画像。你会看到最根本的冲突：土地、身份、杀戮和你死我活。而结集成册的另一本《走出中东：全球民主浪潮的见证与省思》，展现的则是中东全新的面貌：全球化、中产阶级、管治和你中有我。

《中东死生门》的初版叫《离上帝最近》，因为巴以地区是传说中"离上帝最近的地方"。那也是我记者生涯的起点、对世界认知的出发点，离我的底色最近。

最近几年仍去到一线，但考虑家人多一些，最激烈的冲突现场采访，成了梦里依稀。旅程在回顾时才迷人，回首那一段战地经历，虽如摩西劈开红海般惊心动魄，但在他身后，海浪又归于一处。我回到日常。商场里的声音，听起来也会有温情脉脉。

周轶君 / 2017 年春

# 历史说明

一百多年前首届犹太复国主义大会在瑞士召开，提出向巴勒斯坦移民而最终建立犹太人的民族家园。1917 年英国政府通过《贝尔福宣言》，支持犹太人在巴勒斯坦建立“民族之家”（national home），条件是不伤害当地已有民族的权利。由于英国政府在第一次世界大战后受委任托管巴勒斯坦，它对犹太人迁入的态度至关重要。第二次世界大战期间，德国纳粹屠杀犹太人的罪行，导致战后犹太人希望建立自己国家的愿望高涨。犹太人回到巴勒斯坦建国的运动，得到西方大国支持。但这与当地阿拉伯人的利益必然产生矛盾。1947 年，美国、英国、法国和苏联通过分治巴勒斯坦的决议，建立一个犹太人国家和一个阿拉伯人国家。阿拉伯人不接受强加于他们的领土划分，在以色列建国的次日凌晨，约旦、伊拉克、叙利亚、埃及等阿拉伯国家联合出兵，打响第一次中东战争。阿拉伯国家与以色列之间先后爆发四次中东战争，结果阿拉伯一方失去更多土地，而以色列成为地区强国。数百万巴勒斯坦人失去家园沦为难民，而巴勒斯坦解放组织成为巴勒斯坦人的代表被普遍接受。1982 年第五次中东战争期间，以色列出兵袭击黎巴嫩境内巴勒斯坦解放组织。

二十世纪七八十年代，埃及、约旦先后与以色列建交，巴勒斯坦解放组织也宣布承认以色列的存在。1993 年巴以签订《奥斯陆和平协议》，1994 年阿拉法特回到巴勒斯坦。但和平进程之后停滞不前，美国主导的戴维营会谈失败后，2000 年 9 月巴勒斯坦人与以色列人之间再次爆发大规模流血冲突至今。

目前，巴勒斯坦人控制加沙地带和约旦河西岸多个城市，以色列领土夹在加沙与西岸之间，控制着宗教圣地耶路撒冷。加沙地带，是位于西奈半岛东北部地中海沿岸，占地 365 平方公里的一条狭长地带，也称“加沙走廊”。2015 年统计人口 220 万，是全世界人口密度最高的地区之一，四面为以色列封锁。2007 年哈马斯与巴勒斯坦民族权力机构火并，赢得加沙的完全控制权。

哈马斯是巴勒斯坦最大激进组织，由巴勒斯坦人谢赫·艾哈迈德·亚辛于 1987 年成立，信仰彻底的伊斯兰教义和法则，思想理论上受埃及穆斯林兄弟会影响，主张通过暴力斗争，驱逐以色列建立伊斯兰共和国。但 2003 年亚辛宣布可以接受在 1967 年中东战争停火线内建国，意味着纲领发生重大转变。1994 年起哈马斯在以色列境内制造了多起自杀式炸弹袭击，被西方多个国家列为恐怖组织，或将其武装支部视为恐怖组织。

杰哈德是势力仅次于哈马斯的巴勒斯坦激进组织，多次策划并实施对以色列目标的袭击。

阿克萨烈士旅是由巴勒斯坦解放组织（法塔赫）分离出来的武装派别，多次实施针对以色列目标的自杀式袭击。法塔赫曾声明断绝与阿克萨烈士旅的关系。

/ 加沙城遭受密集轰炸的一天，四处浓烟

篇一

# 大乱

我却要降火在迦萨（加沙）的城内，烧灭其中的宫殿。

——《圣经·旧约·阿摩司书》

## 第一具尸体

尽管早有心理准备，胃里还是一阵翻江倒海。5岁的阿曼·法利斯躺在冰柜里，冰柜显得太大。眼睛没有完全闭上，剩两个灰白的空洞。细细的黄头发耷拉在脑袋上。

“把裹尸布解开些！”法新社摄影记者萨比拉冲医护人员喊了一嗓子，忙着寻找拍摄角度。医生掀开白布一角，孩子的上半身露出来：皮包骨，血迹斑斑，是弹片伤。又是一通闪光灯。

美联、法新、路透……各路摄影记者一个都没少。围在又瘦又小的尸体旁，一次次快门闭合，仿佛要吸干法利斯体内最后一点血液。

从太平间出来，一个记者斜靠在栏杆上，抱怨巴以冲突的照片越来越难拍，“没什么新东西。”我小心翼翼听着，法利斯是我在加沙见到的第一具尸体，第一次死亡。那时我刚到加沙一个星期。

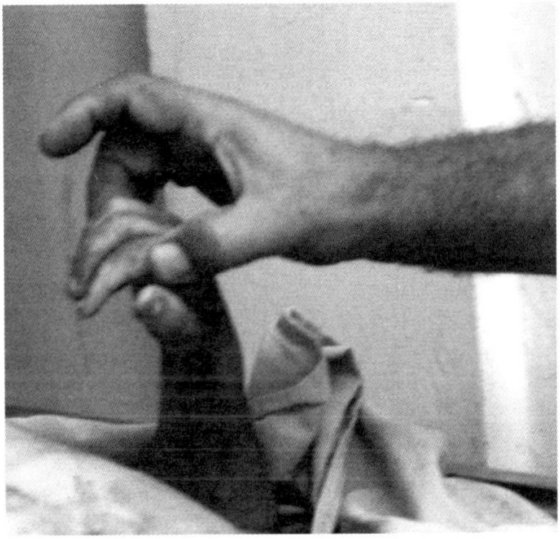

/ 停尸间里，医生拉起法利斯的手

法利斯是在自家门口中弹的。前一天，以色列坦克开进加沙南部罕尤尼斯，巴勒斯坦官员说，以军坦克“无故开火”。以色列军方说，有人向坦克开枪，坦克还击，并不知道有小孩被打死。此时此刻，这一切不再重要，法利斯躺在冰柜里。

按照当地惯例，葬礼于上午 11 点举行，顺序如下：游行，抬尸体至死者家，游行，在清真寺为死者祷告，游行，去墓地。

医生用巴勒斯坦国旗裹住法利斯小小的身躯，放到担架上。几千名罕尤尼斯居民挤在外面准备游行。代表巴勒斯坦各派别的旗帜——绿的、黑的、黄的飘扬其间。各种政治标记抢先书写了 5 岁孩子的墓志铭。

“啪啪啪”三声枪响，游行开始。一辆卡车头前开道，抬着法利斯的担架紧随其后，其他人一路疾走。卡车载着大喇叭，是一个流动广播站。人群沸腾起来，呼喊声、枪声、喇叭声，尘土飞扬。

“血债血还！”“真主最伟大！”大喇叭领头呼喊。整条大街的人齐声回应。喊声间隙传来阵阵枪声。我和其他摄影记者挤在广播车里，返身拍车后的担架。一路颠簸，不知道是谁在背后一路撑腰，才没倒下去。

大喇叭震得我五脏六腑快要爆裂了，心口很堵，不知为何想哭，却又哭不出来。每一次葬礼游行，都是一次集体情绪的洗礼。

车在法利斯家门口减速，抬尸入内，道别家人。家里只有 10 平方米左右，没有任何装修。母亲俯身吻别儿子，泪水淌满法利斯冰冷的脸。邻居们挤在走廊里，争向记者描述幼童被杀经过。几分钟后，人潮又向外涌，第二轮游行开始。

/ 法利斯的祖母向记者控诉幼童被杀

/ 三个少年爬到清真寺高耸的宣礼塔上，举起巴勒斯坦国旗

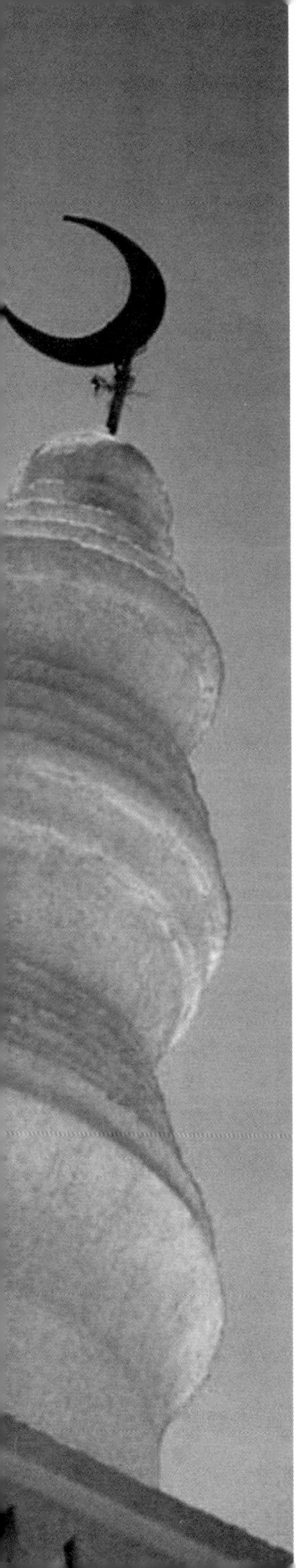

“为耶路撒冷而死！”五六杆枪同时对空鸣放。从来没这么近听过枪声，我不禁一缩脑袋。“中国女人害怕了！”旁边的小孩一阵嚷嚷，有的冲我做鬼脸，有的蹲马步作开枪状，只为吸引我拍照。同伴的葬礼，对他们来说，更像是一次赶集。

“法利斯是烈士！”“烈士光荣！”一个孩子举着法利斯的画像冲镜头呼喊。另一个孩子一把抢过画像，“照我，照我！”那是一张侧面像，法利斯仰头望向远方，一脸阳光灿烂，两眼炯炯有神。背景是鲜花和位于耶路撒冷的金顶清真寺——阿拉伯人声称誓死夺回的圣地。

街边观望的人被裹进游行，队伍越来越庞大。阳台里伸出拳头。一个七八岁的小孩一手扛枪，一手抱一枚铁皮做的导弹模型，大步流星，走入游行队伍。三个少年爬到清真寺高耸的宣礼塔上，举起巴勒斯坦国旗。旗帜再次高扬。

一年后。同样是罕尤尼斯，同一家医院门口，同样漂亮的小孩，同样悲痛欲绝的亲人。那是一名 9 岁巴勒斯坦女孩的葬礼，她死在开学前一天。正当我大发感慨时，同行的法新社记者萨比拉说，有次他去拍一个葬礼，开始前同一帮小孩聊天，突然一发子弹击中面前正在跟他说话的那个孩子。当天下午，萨比拉又参加了那孩子的葬礼。

# 活在鹰爪下

跌坐在冰凉的地板上。窗外爆炸声不断。

几分钟前一个爆炸点太近，不知是轰鸣声将我掀下椅子，还是自己顺势躲到办公桌下了。

刚过午夜，50 多辆以色列坦克在武装直升机掩护下，直入加沙城东，抓捕向以色列目标发射火箭的巴勒斯坦人。冲突地点距离我的办公室大概 5 分钟车程。

电视台在直播，满屏火光，呼喊“安拉”的人群。一个女人在现场乱走，张开双臂不停晃动。男人上去拖住她，使劲夹住一条胳膊，可女人还是挣脱出来晃动双手。大概是惊吓过度，疯了。

以色列“阿帕奇”武装直升机、F-16 战斗机或无人驾驶侦察机几乎每天在加沙上空盘旋，伺机打击地面目标。它们奉行一套“鹰蛇理论”：地上的蛇，无论多么强悍，也害怕来自空中的鹰。

/ 一个巴勒斯坦女孩在被轰炸震碎的镜子前

“阿帕奇”螺旋桨声传得很远，目标人物可能提前逃脱。最近，以色列出新招瞒天过海，先出动 F-16 战斗机，庞然大物的轰鸣铺天盖地，使人难辨东西。“阿帕奇”在声幕掩护下发射导弹，猎物无所遁形。

夜晚，停电往往是大规模空袭的前奏。眼前一黑，战机呼啸而至。虽然知道自己不是导弹寻觅的目标，不知下一声爆炸在哪里的恐惧仍然揪心裂肺。

正想着，巴勒斯坦雇员阿马德打来电话：“知道炸了哪儿吗？走路两分钟就到我家了！死定了！你要记得我！”

我安慰他说，上次坦克开到我楼下，最后也没事。这个阿拉伯男人以为我说他胆小，辩解：“我没问题，只是两个女儿都醒了。”利马和苏苏，一个 7 岁，一个 3 岁，经常来我办公室玩。

每隔十几分钟，我们互通电话。阿马德说着说着，突然嚷起来：“哇！哇！哇！”爆炸声离他很近。他的妻子招呼女儿们别到窗口去。我想跟 3 岁的女孩说话。

“苏苏，害怕吗？”想避开“害怕”这个词，办不到。“害怕。”她声音嫩嫩的，咬字不太准。“别怕，明天给你买巧克力吃。”我傻傻地想，巧克力可以帮她支撑到明天。

“听——轰炸。”她嫩嫩的声音，悠悠地说。

坐在冰凉的地板上，不是没有问自己：为什么来这里？

送走前任记者独自上岗的第一个夜晚，不远处一家电厂发生机械事故。同样是“停电伴随爆炸声”，我误以为空袭降临，蜷缩在原地 20 多分钟，直到电灯重新亮起。那个晚上，我开始意识到，自己将承受一种本不相干的煎熬。人成了惊弓之鸟。

一个多小时后，声音渐渐平息。从地板爬上椅子，还是决定去现场。开车在空荡荡、黑漆漆的街上，很快就看到闪着红灯的救护车、消防车和提枪的巴勒斯坦警察。一枚导弹命中距离我500米远的房子，叫我跌到地上的那一声，应该来自于此。

警察引我走上二楼，两只打火机照出墙上长约1米的窟窿——导弹从这里穿墙而过。

一个名叫曼多拉·凯肖夫的40岁男子，在睡梦中挨了弹片。伤势并不严重，他脸上满是“死亡擦肩”的委屈、愤懑。任记者们怎么问，他都不搭腔，强忍着眼泪。稍后，一个显然是他朋友的人过来安慰，“天哪——”凯肖夫抱住朋友大哭出来。

继续赶往挨炸最多的扎耶通区，全区停电，伸手不见五指。忽然挡风玻璃前火花狂闪，我一声惨叫，生生把车立住，才发现是吉普车碾过被炸断的高压电线。

几个巴勒斯坦青年蹲坐在路边烤火。他们说，刚才有游行队伍经过，大家打着拍子高喊：“用鲜血和生命保卫阿拉法特！”事后得知，以色列一共发射14枚导弹，打死4个巴勒斯坦人，其中一个并非武装人员。

第二天我履行诺言，为利马和苏苏送去巧克力，还带她们去海边戏水，弄湿了棉衣棉裤，烘干之前没敢送她俩回家。不过，苏苏始终没弄明白，昨晚的轰炸与今天的巧克力之间有什么关联。

/ 两只打火机，加上我的闪光灯，照出墙上长约 1 米的窟窿——导弹从这里穿墙而过

/ 血迹老旧，好像已经干了几百年

## 血的楼梯

自愿充当向导的年轻人领我和哈提姆走上一个水泥楼梯。血，顺着梯子流过，在晨风里干了。楼梯通向客厅，里面一片狼藉。玻璃粉碎，满地黄铜弹壳，年轻人一把一把抓给我看。正当我拍摄满墙弹孔时，他招呼我和哈提姆到隔壁卧室“看样东西”。

年轻人蹲下，掀起地上一个床垫：殷红的血和脑浆，尚未凝结，又稠又软。加沙人哈提姆受雇于美联社，冲突恶斗画面拍过无数，然而这样粗糙、血腥的画面扑到眼前，还是扭过头去。

昨夜，此地一场恶战。以色列特种兵进来抓人，遭遇巴勒斯坦人伏击，互有死伤。

踏着鲜血走下楼梯。太阳正烈，水泥地映出白花花的光，血迹因此显得老旧，好像已经干了几百年。

发生枪战的巷子窄得仅容一人通过，两边人家的墙壁打出好

/ 孩子们在激战过后的现场找到弹壳

几个胳膊长的窟窿。当地人说是以色列士兵炸开墙壁，躲在背后伏击巴勒斯坦枪手。一个窟窿望进去是厨房，满地碎片，母亲和一个孩子呆呆站着，满地碎片。向外看，孩子们在废墟间跳跃，背后是千疮百孔的家。

哈提姆从另一个窟窿伸进脑袋，招呼我给他照相。他举着200毫米尼康长焦镜头回眸，脸上隐约还有微笑。我骂他拿人家的伤口当勋章，他却一脸无辜说实在没人给他拍工作照。

我在现场无数次遇过哈提姆。他身躯庞大，从来不穿防弹背心。一次，从枪战现场回来，哈提姆用香烟屁股敲打我的防弹头盔："我讨厌这个东西，真主要你死的话打在哪里都可能。"香烟一下戳到我的眉心。

后来才知道，两年前他穿着防弹衣，还是挨了以色列士兵8枪，膝盖窝里留着颗子弹，取不出来。每次过安全门都响。美联社状告以色列军方，案子是这样了结的：哈提姆去了不该去的地方。此后，他视防弹衣无用。有天我发现他右手腕上缠着几股白线，问那是什么。他支吾着说，妻子和母亲缠的，已经戴了好几年。我便明白，那是他的护身符，他的"防弹衣"。

以残墙窟窿为镜框，我给哈提姆拍下工作照。他绕墙过来，神色酸楚："别责怪我，你总有一天要走的，可这是我们的生活！"

## 鞋子的颜色

收刀入鞘吧！凡动刀的，必死在刀下。
——《圣经·新约·马太福音》

埃雷兹检查大厅挤满了准备出加沙的外国记者，以色列军方却迟迟没有放行。士兵塔勒讲不出什么理由，两手一摊说："等待奇迹吧。"美联社的以色列籍阿拉伯记者伊卜拉辛已经等待3个小时，苦笑着说："我们成了人质。"

20多平方米的检查大厅里，各路记者忙于电话外交，联系一切可能帮助自己通过检查站的人。CNN（Cable News Network，美国有线电视新闻网）的凯莉·沃西手机打没电了，满大厅寻找电源插座。

一个正在接电话的记者猛然抬头，高声叫："自杀爆炸！耶路撒冷！"

我看了一下表：下午 5 点 30 分。空气凝结了一两秒钟，记者们又开始拨电话，传出去同一个信息："自杀爆炸！耶路撒冷！"

此起彼伏的手机铃声过后，事件轮廓逐渐清楚：一名巴勒斯坦人伪装成正统犹太教徒，在耶路撒冷市中心市场登上 14 路公共汽车。他乘了一站车，经过一个广场后，朝车厢中间走了几步，随后引爆绑在腰间的重磅炸药。

16 人死，93 人受伤。人弹 20 岁，来自约旦河西岸城市希伯伦，哈马斯派的。

等着炸加沙吧。根据"暴力循环"的经验，我在心里说。

快一个小时了，检查站的人还是一副"爱等多久等多久"的样子，我只好返回加沙。拐进城里，迎面一串救护车闪着红灯，疯了似的往一个方向飞奔。拉来一个巴勒斯坦警察询问，他只吐出一个词："轰炸！"

老远车子就走不动了。被炸汽车还在冒烟，空气中的汽油味昨天刚刚闻过——哈马斯发言人兰提西乘坐的汽车前一天遭以色列导弹袭击，是炸兰提西在先，还是人体炸弹在先，哪一次杀戮是哪一次血洗的前因，抑或后果？

几个巴勒斯坦人尖叫着"让开"冲出人群，肩上扛着一具焦黑的尸体。我跑上临街居民楼，从高处拍摄。一间屋子房门大开，传出哭声。踩着碎玻璃走进去，一个女人正抱着 3 个月大的儿子。"他睡着了，被爆炸声惊醒。"女人叫希贾，满脸愠色，"除了冰箱，家里的东西全倒了。"小穆罕默德受到惊吓，哭闹不止。

报复来得如此之快，距离耶路撒冷发生自杀式爆炸不到一个

/ 哈马斯发言人兰提西的汽车被导弹穿透

小时。

俯瞰现场，我心里一沉：这是一个集市，平日人来车往，轰炸发生时，应该正值购物高峰。

以色列武装直升机还在空中盘旋，嗡嗡作响。围观的巴勒斯坦人仰起头来，指指点点。“一共 3 辆。”希贾指给我看。3 辆焦黑的汽车，成一个“品”字形。围观的人情绪激动，掀翻汽车，登上底盘一齐拍手高喊：“复仇！复仇！复仇！”

出门时，小穆罕默德还在哭。统计数字说，活在战争中的加沙孩子，绝大部分患有心理疾病。

几个小时后，第二轮空袭扑来，又打死两个哈马斯。

第二天，原本见面就说笑的房东哈马德红着眼圈，显然哭了很久。两个妹妹昨天到市场买衣服，双双遭遇空袭丧生。“她们只是去买孩子的衣服……”哈马德眼泪又下来了。

前一天，兰提西遇袭现场，我的鞋子染上了红色的血迹和黑色的汽车焦油。第二天，换了双白鞋，又染上同样的颜色。

有人说，新闻造就记者。眼前晃动着小穆罕默德哭泣的脸、愤怒的拳头和焦黑的尸体，只要低头看看鞋子的颜色，我无法不祈祷，一切就此结束。

/ 第一轮空袭后，头顶战机又来。地上的人仰起头来，担心第二次打击又至，却被愤怒、恐惧推挤在一处，不肯散去

# 活生生人的味道

我必与你同在，赐福给你，因为我要将这些地都给你和你的后裔。
——《圣经·旧约·创世记》

我不得不杀死我的兄弟，我的兄弟不得不杀死我。
——耶胡达·阿米亥《耶路撒冷之歌，给一个女人的诗》

电视里正播上星期我去过的那家咖啡馆。桌子塌了，椅子横飞，高挂的店铺招牌倒垂下来。招牌是红底黑色人形，广告词是："如果我不在家，也不在希拉勒咖啡馆，那就是在去希拉勒的路上。"一声爆炸，喝咖啡的人走上了另一条路。

上周去的时候，座位满了，我坐在紧靠门口外面的一张小桌子旁。保安朝我笑笑。我知道这是最没有人愿意坐的地方，人体炸弹如果遭到阻挡，靠门的座位最危险。

再去咖啡馆门口。首先听到吉他声，十几个以色列小伙子围坐在地上，为死难者唱歌。一地烛火。坐过的凳子不见，整个咖啡馆被纸板包起来。外墙上有死难者照片，一个个笑容灿烂。烛台，鲜花，许多保安在巡逻。

一个巴勒斯坦人走进咖啡馆，引爆绑在身上的炸药，摧毁了两个婚礼，制造了许多个葬礼。

以色列人大卫·艾伯博姆那天晚上约女儿在希拉勒咖啡馆见。女儿纳瓦第二天结婚，按照传统，父亲会送女儿一本犹太教箴言，还会给一些对婚姻的忠告。

艾伯博姆是耶路撒冷一家救治中心的急症室主任。过去，每次发生自杀爆炸，无论是否应该他上班，他总是第一个赶到救治中心投入抢救。那天晚上救护车呼啸而来，伤员们陆续抬进救护室，艾伯博姆的同事开始担心："我知道他在耶路撒冷，但是他没有来，也没有打电话到医院，我就知道他出事了。"不祥的预感很快被验证，她在7具尸体中认出了艾伯博姆。

艾伯博姆20年前从美国俄亥俄州移居以色列，救治过无数自杀爆炸中的受伤者，包括阿拉伯人。同父亲一样，纳瓦也从事救死扶伤的工作，对象是患癌症的儿童。

咖啡馆惨案过后不到24小时，以色列战斗机飞临哈马斯领导人扎哈尔住所上空。他的儿子哈立德刚刚同父母吃完早饭，商量着当天要给亲家送彩礼，然后同准岳父一起到加沙宗教法庭办订婚证书。

一年前，哈立德从英国伦敦结束工程学学业返回加沙。母亲为他在当地订下一门亲事。这天正当哈立德穿戴整齐，走出门口

/ 以色列医护人员捡拾爆炸现场碎尸

/ 耶路撒冷街头，遭自杀式爆炸袭击的公共汽车

去找准岳父时，一枚重磅导弹结束了这一切。

以色列姑娘纳瓦·艾伯博姆 20 岁，巴勒斯坦人哈立德·扎哈尔 24 岁，两对年轻人的婚礼都变成了葬礼。

除了咖啡馆，以色列城市街头的巴士，也是自杀袭击重灾区。那天我在耶路撒冷公交车爆炸现场，站在下风口，空气里是汽车焦油混合着血腥的味道——那味道与加沙街头巴勒斯坦汽车遭以色列导弹袭击之后的味道一般无二。

那天有正统犹太教徒举着纸牌抗议，高呼口号。一个穿红风衣，挎相机的以色列女子对他们怒吼一通。我听不懂，只听到其中有一个词她用英语说的："political"（政治的）。我问那个女子，宗教人士们在喊什么？"No Abrabs，no bombers"（没有阿拉伯人，就没有人体炸弹）。"那你怎么想？"她看了我一眼："人死了。"

## 并行的葬礼

军人公墓，苍松翠柏。一排手持花圈的以色列女兵已经站好，低头静候葬礼开始。现场是紫色八角帽的海洋。同样颜色的军帽，表示这些军人来自同一支队伍。6名以色列士兵在加沙踩上地雷死亡。从中午12时开始，以色列军方间隔两小时为一名士兵下葬。看惯了巴勒斯坦人的集体葬礼，我稍稍吃惊：以色列士兵可以各自得到一个体面的告别。

一辆带篷汽车开到，众人从车里抬下一口棺材。在加沙，我在每个葬礼上都能看到担架上裸露的巴勒斯坦人尸体，而以色列士兵的遗体盛在棺材里，上面覆盖着白底蓝色大卫星图案的国旗。6名士兵分护左右，齐步走向墓地。

葬礼安安静静地开始。

不用抢在送葬队伍前面奔跑，正对墓地，以色列方面已经标明“记者区”。其余三面，站满前来吊唁的人。墓穴已经挖好，填穴的泥土也已经分装在白色袋子里。一名宗教人士站到演讲桌前，对着麦克风高声诵读经文。士兵将棺材轻轻放入墓穴，填土。

6 名死者的年纪在 18~21 岁。前来送葬的同僚友人，也是这般年轻。周围传来抽泣声。我身后的一个姑娘哭成泪人。墓穴前，死者同班的士兵相互搀扶，并肩站立，纸巾在他们中间传递。死者亲属讲话，手里一纸讲演稿不停颤抖，发出瑟瑟声。言毕，家人们抱头哭成一团。

班长发言。听到其中两个希伯来语单词：“霍姆斯酱”和“咖啡”，大概是死者生前爱吃的东西。班长讲完，转向士兵们，我才看见他身后斜背的一支冲锋枪。士兵们紧紧拥抱、互相拍打后背。

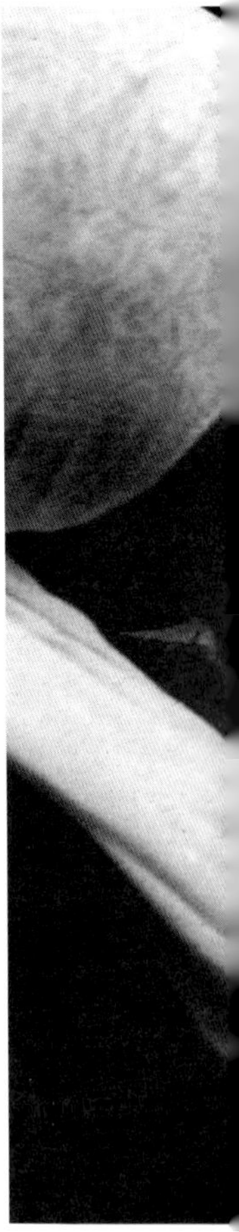

半个多小时的葬礼，在整齐的对空鸣枪声中结束。女兵献上花圈，人群渐渐散去。跟死者最亲密的几个士兵和姑娘，向前聚拢到墓穴前，放声号啕。一样的泪水，巴勒斯坦人的葬礼上也有。

人群中，忽然看见以色列警察伊亚尔，朋友的朋友，曾经带我见识以色列地下乐队。“你认识这个士兵？”我问。“不认识，但大家都来了……”伊亚尔一脸肃穆，没再多说什么就走开。

当天，又有 6 个以色列士兵在加沙触雷。

/ 巴勒斯坦人哭悼被以色列人打死的亲人

/ 以色列人在葬礼上互相安慰，同伴死于巴勒斯坦人伏击

/ 加沙的人体炸弹化装演出

篇二

# 赴死

要了解巴勒斯坦人和以色列人，
就要看他们怎样对待死亡。

## 演出开始了

在加沙，日常生活与突然死亡之间，赴死是一个特殊的状态，可以延展，可以重复。它是舞台上的一记亮相，是日常生活发生的一次核聚变，它的光芒照亮了日常，令之神圣，但也足以顷刻间摧毁生活。就像观察中国人怎么吃，法国人怎么恋爱，要了解巴勒斯坦人和以色列人，就要看他们怎样对待死亡。

巴勒斯坦导演汉尼·阿布·阿萨德拍的《天堂此时》(*Paradise Now*)里有这么个情节：巴勒斯坦青年哈立德要去做人体炸弹了，赴死之前，招募他的组织照例要他录一段“烈士录像”，慷慨陈词凛然大义。忽然，哈立德意识到这是最后一次向家人讲话的机会，便对着镜头告诉妈妈，城里哪家店铺的滤水器便宜。

巴勒斯坦人居住地动荡贫穷，饮用水多杂质而酸涩。那是烦扰他们每一天的事情。在通往爆炸“壮举”的路上，这个微不足

/ 加沙，满墙涂鸦，多是战斗教科书

/ 武装人员负枪跪地祷告，众人围观赴死表演

道的细节，安静地展现了无边的绝望，比历史、政治里那许多正义更加惊心动魄。

哈立德的烈士录像是一场赴死演出，这演出将他的命运推向毁灭，但其中买便宜滤水器这样的细节，又把他的整个生活放在聚光灯下，而其他的大话都被忘记。

导演阿萨德住在荷兰，不是每个巴勒斯坦人都有机会看到这部奥斯卡提名电影。在加沙，哈马斯信奉严苛的教义，烧毁了所有电影院。与此同时，携带武器的游行，打扮成人弹的走秀，进入巴勒斯坦人的公共生活，甚至变成儿童娱乐的一部分。

一个平常的日子。天天经过的道路旁边，多了群举着旗子玩耍的孩子。我停车观看，有没有什么可以拍摄。他们擎着黄色的法塔赫旗帜

/ 武装组织游行经过一个女孩身旁，对空鸣枪，女孩捂上耳朵，惊恐的眼睛里映射出枪手的身影

/ 这个孩子手里抓着按钮，说自己会当上人体炸弹

“哗啦”就围过来了。

“给我照相！”一个孩子说，“明天我要当烈士啦！”他笑得好像明天要去游乐园。

“怎么当烈士？”

“绑上炸药去犹太人定居点！”

“哪个定居点？”

他不假思索地回答：“尼兹萨利姆”。

“炸药哪里来的？”

“别人给的。”

“怎么训练？”

“不用训练，给我炸药就行了。”孩子们笑作一团。

随便拍了几张，我准备上车。他又过来拍拍我，挺起胸脯说：“再给我照一张，明天要登报纸的！”

几天以后，两个巴勒斯坦儿童在犹太人定居点附近涉嫌“为武装人员勘测地形”遭以色列军方逮捕。我不知道是不是见过的那几个。雇员阿马德说不太可能，真正的袭击计划事先不会让别人知道。

而约旦河西岸，真的发生了少年人体炸弹的惨剧。一个刚刚过完16周岁生日的巴勒斯坦少年，跋涉两天两夜，终于抵达距离以色列不到一公里的地方。然而搜捕他的以军士兵已经出现在眼前。

以色列少校法因戈尔多说，萨希卜突然向军车奔来，引爆了腰间的炸药。军车有装甲保护，爆炸只造成一名以军士兵受轻伤，萨希卜当场死亡。他是最年轻的人弹。

萨希卜的父亲获悉后，斥责那些鼓动儿子实施爆炸的“阿克萨烈士旅”成员。但他祷告以色列也许不会来推倒他的房子，做集体惩罚，因为萨希卜没炸死任何人。

那天夜里，写完有关萨希卜的稿件，我站在地图前比画，发现他辗转了一个大三角。有报道说，对面出现以色列士兵的时候，他很可能已经两天没吃饭。

无法想象他的绝望：前面是重兵，头顶是直升机，只好向装甲车冲去。

但是，如果他成功了，受害者将是谁呢？

没有多少媒体报道萨希卜的故事，因为他没有炸死其他人。我在地图前站了好一会儿。不知道招募萨希卜的人用的什么诱惑。但可以想见，他生长的环境里，赴死的仪式频繁演出，它接管了所有绝望、不如意，乃至希望的去向。它指向为一个政治目的而死，是一切的最后答案。

/ 一个巴勒斯坦孩子去摸武装人员的枪

## 天堂里有什么？

易卜拉欣和另一个同学身穿黄色迷彩服，一人手里一把尖尖的匕首，相对而立，做格斗状。16 岁的他一下巴胡子茬儿，眼神中看不出什么仇恨，反倒有一丝顽皮和模仿来的成熟。

他妹妹、10 岁的努哈，给我拿来这张参加夏令营时拍的照片。如今易卜拉欣已经死了，这样的照片也是烈士遗照了。努哈说照片上的哥哥很英勇。

一天放学后，易卜拉欣没有回家，也没有跟家人讲。他潜入加沙北部犹太人定居点，杀死 5 个人，自己被随后赶到的士兵打死。

开斋节，我正坐在贾巴利亚难民营烈士家庭。这一家家徒四壁，空间局促凌乱。易卜拉欣的爸爸是伊斯兰大学教授，娶有三房太太，易卜拉欣是大太太所生。接待我的是三太太。她说，易卜拉欣从小就念叨着保卫祖国。一个同学家里被以色列空军炸了，

/ 努哈拿来哥哥易卜拉欣的格斗照片。照片中的易卜拉欣眼神中看不出什么仇恨，反倒有一丝顽皮和模仿来的成熟

/ 参加武装游行的孩子和他们的影子.

尸体惨不忍睹，深深触动了易卜拉欣。

“进入定居点后，他先看到一个妇女带着几个孩子……他让他们回屋里，锁上门，告诉他们自己不愿杀妇女儿童，”三太太说，“这名妇女后来在以色列电视节目中讲述了这段经历。”

大太太得知儿子牺牲，施散糖果。父亲在学校里大谈此事，没有在别人面前掉一滴眼泪。三太太说：“我们也悲伤，但更多是高兴，因为易卜拉欣进了天堂。”

天堂里有七十二处女等待烈士。也有巴勒斯坦学者告诉我，经书原文写的是“葡萄”，也没有具体说数目，只表示物产丰饶。“葡萄”被一些人解释为“处女”“美女”的代指。“天堂里什么都有，你在人间没有的，天堂里都有……”“那对于女性来说，天堂里有什么呢？”努哈歪着脑袋想了一下：“大房子。”看看她家的环境就能明白。

我告辞离开，没走出几步，努哈追上来，眼睛亮亮地说喜欢我，希望我同她一起上天堂。

# “如常”相抵

赴死也是以色列人的日常。大部分人用“如常”来抵抗。

在耶路撒冷独自出行的时候，我避免坐公共汽车。跟以色列朋友同行，这个态度就遭到嘲笑。车上，我紧张地给周围每一个人“相面”，观察有没有潜在的人体炸弹。可是所有人平静如常。只有一个干瘦的阿拉伯人神情古怪，我打量了半天，确认他的随身小包同体形一样干瘪。

朋友在车上碰到熟人，我尽量小声，上下牙齿打着架，请他用希伯来语代问那个熟人“是否害怕乘车”。朋友很不屑地哼哼几声，意思是，不要问人家这种问题。但是他郑重问我：“你害怕吗？以色列人每天每时都要面对这种情形！”外宣水平直追以色列外交部。

车上有主妇，拎了七八个袋子，刚从菜市场出来，有背枪的士兵，有推着婴儿车的，还有吵吵嚷嚷下车的摩洛哥移民，高声喊“等一等、等一等”。肤色较深的，估计是埃塞俄比亚移民，一头小辫子的埃塞姑娘下车后，转身对车里一个埃塞男子骂骂咧咧，男子一个劲傻笑。

下车的人多了，车厢里宽松起来，我的心才渐渐平静。

/ 加沙街头祷告，一个小孩倚墙熟睡

## 子弹飞过，接着睡觉

生活在巴勒斯坦狙击手仇恨的海洋中，每天的生活就是藐视死亡、主义必胜的演出。

犹太定居者拜迪一家，是以色列样板定居者、发言人，展现他们在死亡面前不退缩，坚守土地的意志。

比起全面封锁的加沙，西岸巴勒斯坦城市与犹太定居者之间，地理连接更近。穿过空无一人的巴勒斯坦街道，就看见满眼大卫星以色列国旗。几天前，以色列军队刚刚结束在希伯伦巴勒斯坦区域的军事搜索，巴勒斯坦人大都关门闭户。几个头戴犹太圆帽的小定居者，坐在石头台阶上玩耍，鬓角都留着卷卷的头发。途中，遇到一队“寻根访祖”的美国犹太人，希伯伦定居点发言人大卫·威尔德摆弄着模型，向每一个访客介绍“犹太人社区”情况。

他的家里有 14 个孩子，父亲是经书抄写员，室内最多的摆设是经书和儿童玩具；墙壁上随处可见子弹打穿的窟窿：客厅的花盆背后、浴室、书房……这是希伯伦犹太人定居点中离巴勒斯坦村庄最近的 7 户人家之一。出门 30 米就到了巴控区，拜迪打开窗户向外一指，300 米开外就是一个小山头——巴勒斯坦枪手理想的射击地点。

子弹随时可能射进房间，15 岁的女儿哈达萨却说自己从来没想过要搬走。

“他们（巴勒斯坦人）就是要把我们吓走，好占我们的地方，决不能让他们得逞。”她不会讲英语，通过拜迪翻译告诉我。哈达萨见到生人很羞怯，手里不停地转着线团。

一天临睡前，父亲进屋看孩子们睡着没有，突然一颗子弹从他头顶飞过。哈达萨说，她和 8 岁弟弟的反应是：接着睡觉！

“父母来到这里时，就知道将要面临怎样的生活。”哈达萨说。

他家不远处，一场示威也在进行，反对以色列总理沙龙提出的“单边行动计划”。定居者、自杀爆炸受害者，都反对以色列单方面从加沙地带撤军。

“撤军意味着向巴勒斯坦‘恐怖分子’投降。”一个举着木牌的妇女说，身边轮椅上坐着一名三次遭遇自杀爆炸的以色列男子。她 50 岁左右，说起话来咄咄逼人：“我们才是‘巴勒斯坦人’，犹太人来到巴勒斯坦的时候，根本没有阿拉伯人……阿拉伯人有那么多国家，为什么非要占我们的地方？”

我问她有没有听说一个小时前刚刚发生的事情：加沙地带一名怀孕的定居者带着 4 个孩子开车前往耶路撒冷投票，在公路上遭到巴勒斯坦枪手伏击，5 个人全死了。

“就算遭到袭击定居者也不能后退，”她目光进逼，“否则恐怖分子就得逞了。”

/ 阿克萨烈士旅的冷兵器游行，这个蒙面人经过时竟叫出我的名字

/ 以色列封锁加沙公路，归家的工人不得不走海滩，
反成就了天光下这一幕

# 篇三

# 小静

大乱中总有小静。
——阿城

会笑才有在困境中生存的能力。
——特蕾莎修女

阿城说，大乱中总有小静。“‘文化大革命’时去东北长春，武斗的枪炮声中却听得见附近一扇窗被风吹得一开一合，自得其乐。几个人躲在二楼互相聊初恋，叮的一声，流弹打在窗子的铁杆上，折下来钻进朋友的脑袋里。因为太突然，脑含着子弹的朋友又说了一两句话才死掉。”

讲故事的片刻，便是小静。爆炸与爆炸之间，体验小静是生存下去的能力。

## 菲拉菲莱的诱惑

曲阳打来电话："吃菲拉菲莱去？"

欣然答应。刚要出门，半岛电视台传来消息：以色列特拉维夫一座购物中心遭到巴勒斯坦人体炸弹袭击，两名以色列人死亡，十几人受伤。

窗外响起飞机轰鸣。根据常规，以色列马上会报复。我给曲阳打回电话，说今晚可能发生"定点清除"，不出门了吧。

"定点清除就清除你啊？我是不怕，你去不去随你。"这北京女子嫁到加沙快 10 年了，一副谁怕谁的架势。左思右想，去。

小吃店"菲拉菲莱之王"门口十几人排着队，个个气定神闲，似乎浑然不知头顶有几只盘旋的"鹰"。"菲拉菲莱"的口味暂且不论，光看师傅的胳膊高速摆动，一勺一个丸子跳进油锅，就是种享受。

/ 巴勒斯坦人制作菲拉菲莱

排队者中，一个四十来岁的巴勒斯坦人说："轰炸？有什么好怕的，天天都可能有啊，真主决定一切。"话音未落，轰鸣声突然加大，伴随着持续、高频的"吱吱"声。

大家的动作瞬间凝固，仰头观瞧。清楚地看到，夜空中有一个红点悬在那里，一闪一闪。曲阳的两个小孩从车窗里探出脑袋，小手指着天上喊，"轰炸，轰炸！"曲阳大声呵斥："小心犹太人把你们抓走！"买好菲拉菲莱，我们决定不像往常那样坐在车里"享用"，而是赶紧回去。

送走曲阳，一人继续上路。没有他们，更觉紧张。原来恐惧可以分担，独自面对，变得难以承受。吉普车开到楼下，"嘎"的一声站住，心还在扑扑跳。

邻居阿布·扎耶德却在跟前闲庭信步。问及担不担心轰炸，他说："你知道等着另一只鞋子从楼上扔下来的故事吗？我们就是天天这么等着。"

当晚，炸弹没有落下来。

# 耶城琐记

## （一）

安息日夜晚，犹太人麦克带我们去耶路撒冷哭墙。麦克自己不祷告，他说，全在心里了。

围墙里，面积不过一平方公里的耶路撒冷老城，是全世界三分之一人心目中的圣地。老城分四个区域：阿拉伯区、犹太区、基督教区、亚美尼亚区。

路灯下，犹太区幽静、美丽，不时有鲜花朝我们眨眼。街道很窄，有的地方仅容一人通过。耶路撒冷城里的路牌一般用希伯来和阿拉伯两种文字或希、阿、英三种文字标明，但犹太区里，阿拉伯文路名全被不干胶覆盖，不干胶上用希伯来文重写："戈兰高地和人民在一起""撤定居点就是摧毁人民"……还贴上沙斯党

/ 雨中的耶路撒冷老城，苦路青石板上泛着光泽，传说耶稣负十字架从这里走过

（以色列宗教党派）党魁相片。

出犹太区就是警察局，监视着区内外的一切。犹太区连接着穆斯林区。一个阿拉伯青年拉着我说："耶路撒冷是我们的。"

喜来登饭店灯火稀疏。同事说，一年前还有一半以上的入住率。冲突伤害了双方的经济。

## （二）

逾越节。耶路撒冷城市边缘，圣约翰受洗堂旁边的一个小咖啡馆。摆设很有创意，中国的洋铁皮壶漆成大红大蓝，描上花花草草。一看菜单，发现这家咖啡馆并不遵守逾越节不能吃含酵食品的规矩。服务小姐笑笑："我们什么都有。"以色列有两张面孔，一张宗教，一张世俗。

## （三）

来时，登塔登城的门都已关闭。

耶路撒冷老城墙上的大卫塔并不雄伟，也不俊秀，很普通的一根石头烟囱。但就是这个名字——大卫，建立耶路撒冷的犹太人先祖，闪耀了3000年，预支了我许多景仰。

走到塔下，才发现塔顶居然铸着伊斯兰教的标志：一轮新月。

/ 耶路撒冷正统犹太教徒在巴士站等车

原来大卫塔并不是大卫王所建，而是土耳其时代穆斯林的宣礼塔，后来人误将它当作大卫之塔，这个名字得以流传。

一个急切的声音从背后传来：“你说英语吗？”穿蓝色衬衣、头发松散的男子一路跑来，比画着问。我警惕地点了下头。“你在这里干什么？”他又问。我说，想登上老城墙。他说，6点就关了，原先夜里也开，可现在的局势，你知道……最后，他终于说明来意：“我有间纪念品商店……”

我婉言谢绝，走进老城阿拉伯区。又一只手拍过来：“日本人吗？想看我的商店吗？”我说：“我不是游客，记者。”他忙抽回手：“上帝保佑你。”

## （四）

终于找到耳闻已久的“耶路撒冷住宅精华”。山坡上到处是鲜花，木门好像童话，一推开就是另一个世界。安静得出奇，很久才走过一个人。连猫都懒得看我，一心馋着不远处的两只麻雀。直到麻雀飞走。我好奇地看它，猫才对我翻了翻绿色的眼珠。

层层叠叠的街道，有时窄得仅容一人通过。头顶是公园，热闹却踏不破石板屋顶。没有一个人，只有小鸟啁啾，花香暗送，地面泛着黄昏的光，很干净。这样的住宅区，也没什么防线，谁都可以进来。从容地贴着栏杆或玻璃窗拍照，隐约听到茶杯轻磕人语切切。一个高调的女声在说话，一个低沉的男声应和着。不懂一门语言的好处在于，能够听出其中的音乐。

仔细看来，并非完全不设防。有的门挂着锁，有的院墙上有铁钉，还有的干脆画着“禁止手机”。我没敢久留，生怕自己的手机骤然响起。

在一个频繁遭到自杀爆炸袭击的城市，难得这份坦然的宁静。

## （五）

安息日，老城。

我决定彻底信步，哪个门召唤了，就进哪个门；哪条小路好奇了，就走哪条路。这个日子，犹太区很静很静。可惜赶上罢工，无人收拾的垃圾臭味不绝，野猫孤魂一般游荡。

一扇铁门紧闭，贴着英文“告示”：“请不要在安息日按门铃，也不要打电话上来。看到门边的塑料杯子和橡皮管了吗？你可以对着塑料杯说话——不必大喊大叫，我们会来接你。如果你有更好的办法，请在安息日之后告诉我们。”

犹太教徒不能在安息日工作，不能触摸电器，包括电铃、电灯、电话、电梯。我顺着门上的橡皮管望去，通到三楼的一扇窗户。

继续走。街道下面，有罗马时代的石柱被发掘出来，那是世界上最早的集市。旁边有个小屋，展览三千年前犹太人所建圣殿的模型。一个人在念经。我问，可以进来看吗？他有点惶恐地看看我，点头。

走在黑帽正统教人士和穿长裙的犹太妇女中，我的休闲打扮很突兀。几个正统教徒家庭的小孩看见我，眼里掠过一丝惊恐。

两个10岁左右的女孩坐在一座300多年历史的犹太教堂前说悄悄话。我问："雅法门怎么走？"她们立即站起来指路，丝光长裙在太阳底下闪耀。

空气少许潮湿阴冷。走了很久，直到前方地势下降，露出地平线上整排白色房子和天空里的一缕金光。

两条腿走，才发现耶路撒冷真的不大。两条腿走，才把脑海里的各个位置联系起来。

街边总是有猫，蠢蠢欲动的样子。这座山城里，总有向上升去的狭窄石阶托起沿街住宅，红花绿叶再将它们层层包围。所以，走进耶路撒冷人家里会突然感到宁静又清凉。

## （六）

安息日晚。冷清清昏暗暗的街道，迎面走来两个黑袍人，年纪大的戴黑帽，但鬓角没有辫子，说明他是个宗教人士，只是并不"极端正统"。看见我和同事，两眼放光。老头只能蹦几个英语单词，说什么"fever"（发烧）。我以为谁病了，最后弄明白是要"favor"（帮忙）。家里电路跳闸了，安息日禁止动电器，所以需要我们这种非犹太教徒帮助。见我们连连点头，老头和儿子一手一个，抓起我和同事回家。

“不是所有的犹太人都这么守安息日的规定。”老头边走边说。我连忙接茬：“你是其中的优秀分子呗！”乐得他像开了花。

同事拉起电闸，屋里瞬时光明，全家欢呼。“你们真是从天堂来的！”老头说，他们原先准备到不远处一家咖啡馆找阿拉伯厨师帮忙。幸好这里也有异教徒，这种事情通常都向阿拉伯人求援。我告诉他，我和同事走错了路，才来到这里，老头颤抖着嘴唇再次说：“你们真是从天堂来的！”我想，他的意思是，“你们是上帝派来的。”

老头最后请我拔掉多余的一个空调插头。否则整个安息日他们都得让那台空调开着。我那仅有的几个希伯来语单词，赢得掌声连连，巧克力和英国蛋糕各一。

但是，试探着问是否可以拍照，遭到老头拒绝。他儿子在我身后小声说：“可以。”他母亲立即拦住我：“他在开玩笑。”拍照也被视为“工作”吧。

## （七）

接近午夜。夜晚的耶路撒冷居然是这样，那么多年轻人戳在大街上，抽烟的女孩，与她们调笑的男孩。不见了黑衣黑帽，一切多么世俗。酒吧街街口只有一个保安，穿过长长的台阶进去，喧哗、红灯、温度、音乐、烟雾，还有各色面孔……统统扑过来。附近几个路口都有保安。

走进一扇门，蜡烛搭成光的楼梯。天籁般的女声传来："Everyday could be valentine's day（每一天，都可以是情人节）……"她的声音起伏婉转，我想到《琵琶行》。

女歌手素颜，微胖，耳环长及肩头。我被她的声音吸引，然后开始注意到她的美。伴奏的只有一把吉他，老头弹到高兴之处，发出不知何意的哼哼。经朋友介绍，第一张桌子坐的全部是以色列艺人。他们看表演，我看他们。

冬天，耶路撒冷几乎每个酒吧都有用葡萄干、水果还有丁香烧制的热红酒。

## （八）

以色列朋友伊亚尔的摇滚乐队要排练，硬拉我当观众。去之前，他非要跟我打一局乒乓球，因为听说中国人小时候没有别的东西玩，所以都打得一手好乒乓球。结果 11:3 他赢了。我说："这回你信了，中国人小时候有许多东西玩。"

乐队的名字叫"眼睛"，在一间小得转不过身、热得透不过气的地下室夜夜笙歌，我立即想到张元导演的电影《混在北京》。

都是希伯来文歌。有一首反复排练，中场休息时，我问胖胖的主唱，歌词什么意思。歌曲名为《报复》，胖主唱自己写的，大意是，如果你打死了我的人，我可以全力控诉，但我不能再去杀你。"绑着炸药过来，那算什么。"他说。我顿时明白了歌曲的时

/ 休假回家的以色列士兵

事背景。

注意到胖主唱穿着军裤，我问他是不是在服兵役。其他人起哄说，胖子在耶路撒冷情报部门工作。“在情报部门，你不需要聪明，只要足够聪明。”胖子有几分得意地说。我问他，对巴勒斯坦人来说，什么才是“全力控诉”呢？他也说不清楚，反正“自杀爆炸损害了他们自己”。“2000年流血冲突爆发前，如果我们想派军队进约旦河西岸的巴勒斯坦城市，很犹豫，因为那是巴勒斯坦人的地方，现在——只要有一次自杀爆炸，我们毫不犹豫冲进他们的村庄……”

伊亚尔告诉乐手们，我刚从西岸城市拉姆安拉来。乐手们说，有朋友在那里。“谁？”我好奇地问。“在坦克里。”他们哄笑。

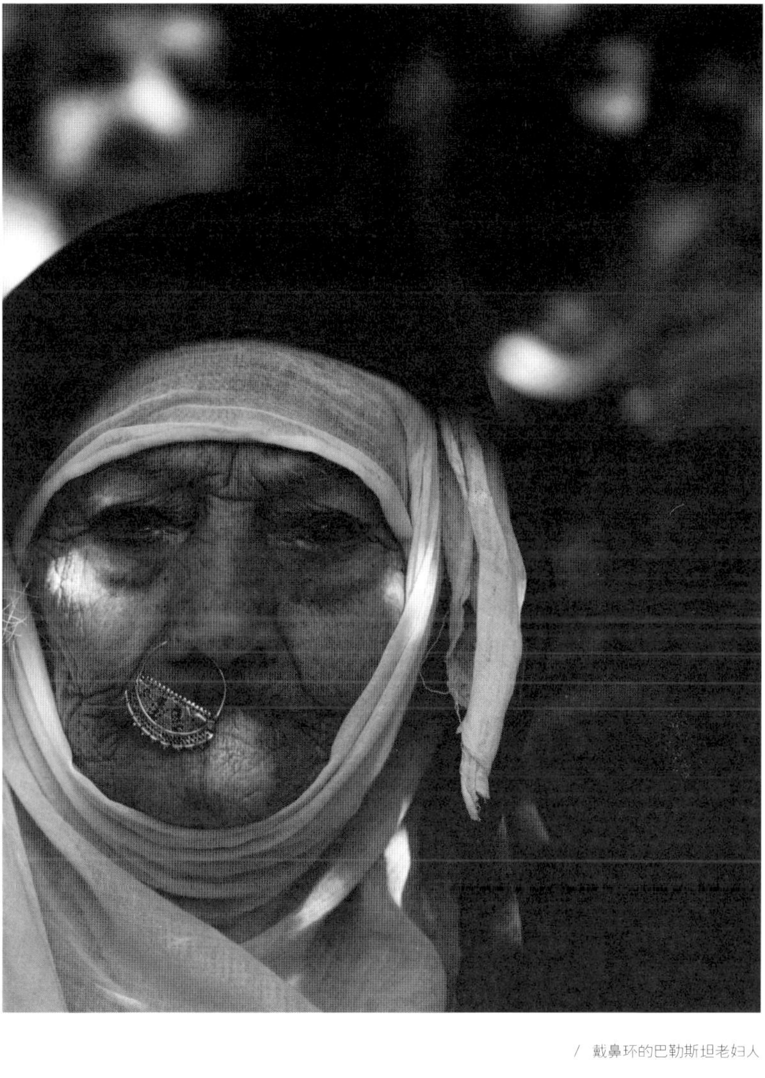

/ 戴鼻环的巴勒斯坦老妇人

# 战事之外

## （一）

踏着坦克履痕去加沙北部比特·哈农镇。一个巴勒斯坦老太太80岁了，还戴着出嫁时的“第纳尔”头饰，但不记得几时出嫁的了。

她紧紧攥住我的手腕去她家拍照。为了表示尊重，我任由她牵着。老太太连声夸我“勇敢”，只身一人来到这里。她话音未落，我惊叫出声，一步跳开——地上一只老鼠窜过。

离开时，孩子们不断拍打我的车窗。正不胜其烦，其中一个递给我当地产的橘子，其他孩子不甘示弱，停止拍车，纷纷摘橘子递进来。

## （二）

进到一家店铺，蓝灰色眼珠的老太太戴着蓝灰色头巾。她收集了所有巴勒斯坦城市的妇女服饰。不同的巴勒斯坦城市，妇女传统服饰的图案、颜色各不相同。比如加沙是黑底红花，越往北颜色越浅，拉姆安拉是白底红花。过去，只要看一眼妇女穿的是什么，就能知道她从哪里来。

“不为做生意，只为了证明这些城市是我们的，不是以色列的！”老太太说。

她用笔在纸上勾勒出一幅地图：“为什么犹太人要占领巴勒斯坦？为什么他们不在非洲建国？因为巴勒斯坦在世界地图的心脏位置……”韩国人也这么跟我说过，半岛在世界地图中心。地球是圆的。

她的店铺里有伊拉克国旗、萨达姆画像，还有浓浓的阿拉伯风情：矮的兽皮沙发，高的水烟壶。

## （二）

看门人艾斯阿德闯进来说：“还笑呢，我真怕你一个人死掉！”不由分说，抡起锤子，砸开我的大理石地板，找出水管漏洞。“这是带电的！”原来我的水管漏水，从 13 层一直流到艾斯阿德的一楼，我自己却浑然不觉。

/身穿传统服饰的巴勒斯坦妇女

艾斯阿德的手被划破了两处，他扒开伤口用嘴吹。我给他止血胶布，他拒绝，理由是明天早上还清洗全楼住户的汽车，胶布会掉的。

艾斯阿德还用胖胖的大手帮我清理油腻的灶台，用小针仔细疏通一个个火眼。我送他一袋咖啡以示谢意，他高兴得两眼放光，但是做了个“嘘——”的动作：“不要告诉别人啊……”

## （四）

从加沙一家出租车公司要了车，去北部的埃雷兹检查站。在加沙这个“闷罐子”里持续工作一个月后，我只想快快去以色列吸一口新鲜空气。

我们的吉普车挂巴勒斯坦牌照，不能直接开到以色列境内。所以，每次都开车去边境，在巴勒斯坦一侧的停车场泊车，然后徒步走进检查站，通过后打一辆以色列牌照的出租车继续上路。

停车场里总有肤色黝黑的穆罕默德，吉普一响，他就从看守小屋里跑出来，向我挥舞发票，“3个谢克尔！3个谢克尔！”他穿格子图案长袍，跑起来一颠一颠，有点滑稽。在失业率达到75%的加沙地带，停车费提成是穆罕默德唯一的生活来源。停车场趴满了也就100多辆车，一旦以色列加紧封锁，只有三五辆车光顾这里。

/ 加沙临地中海，渔民收获如潮水般冲上来的魔鬼鱼

但是这几天，听说穆罕默德不见了，停车场围墙，连同看守小屋全部被铲平。原来是以军防止有人利用围墙作掩护，袭击埃雷兹检查站，所以“荡平一切”。

没法儿把吉普停在无遮无拦的停车场，我只好叫了出租车。司机的名字很有意思——“阿拉法特”。我开玩笑地向他敬礼：“主席好！”他戴着墨镜，也没掩住开心笑容。阿拉法特说，这是一个古老的名字，并非巴民族权力机构主席专利。

太阳渐渐收敛了光线，阳光变得温柔。路上很少同向而行的车辆，却不时有光脚的巴勒斯坦儿童，拽着纸糊的风筝从车前跑过。

一路上，我们讨论“停火”“撤军”。阿拉法特对什么都不屑，他根本不相信现状会有所改变。“谈了这么多年和平，你见过和平吗？”他说。

阿拉法特说，以色列坦克把守着通往检查站那条又宽又直的柏油路，所以我必须在到达坦克前打一趟车，徒步走过坦克，证明自己不构成威胁，离开坦克几百米后，再打一辆出租车。

沿途我惊讶地发现，检查站附近巴勒斯坦人的果园、房子全部被铲平，树墩子裸露在地上，倒下的枝丫直指天空。居然还有人在这里放牧，又脏又瘦的羊挤作一团，啃食所剩无几的青草。远处，高高耸立的“万宝路”广告牌上，美国牛仔悠然点烟。

我只想快快离开这里，到以色列吸一口新鲜空气。

阿拉法特用手指了指右边说，你看，那就是检查站，现在以色列士兵正举着望远镜看咱们呢。果然，目光越过扫荡过后的土地，检查站一览无余。而这边的一举一动，那里同样尽收眼底。

/ 巴勒斯坦国旗图案的风筝

/ 两头牛倒毙路边，使人忍不住掩鼻

/ 加沙是农业社会

就在我下车前，阿拉法特摘下墨镜，问了一个问题：“你猜我多大？”他的皮肤粗糙，眼角有皱纹，胡子拉碴，头发颜色深浅不一，最明显的是一脸深深的疲惫。“35。”我说，心里想的是40。他苦笑一下，“你不会相信，我才29。”我张大嘴，说不出话来。“接你的那个司机，阿什拉夫也只有28。”他补充。我见过阿什拉夫，他看起来至少有38。

“这就是加沙，封锁底下我们哪儿都去不了，除了上班、吃饭、就是睡觉，人老得快，太累。”阿拉法特说。

我一句话也说不出来，只想快快离开。

坐上以色列牌照的汽车，加沙在身后迅速退去。通往以色列的高速公路又宽又直，两边稻香花艳，红顶白墙的小别墅鳞次栉比。天空还没有完全黑下来，青色、红色和深蓝色的晚霞，鸡尾酒一样排列在地平线上。汽车收音机里传来欢快的英文歌曲，眼前宛如另一个世界。

我忍不住对着这样的美景流泪。阿拉法特告诉我他才29岁的那一刻，我尝到了绝望的滋味，它比鲜血和死亡更深地刺痛我心。

## （五）

初学阿拉伯语的时候，没想过穿长袍戴头巾是很热的。

进加沙没几天，我就得出结论：必须置备一套特殊工作服——长袍加头巾。

头巾隐藏头发，听说女性的头发被视为引发邪念之物；长袍自然是为了遮盖身体线条。阿拉伯妇女非常爱美，不化妆她们是不会出门的。袍子、头巾、拎包和鞋子的颜色必须统一，袍子多为一色，头巾可以斑斓。

考虑到频频拍摄葬礼的需要，我的工作服不能花哨，索性全部黑色。黑衣飘飘走在加沙街头时，我偶尔会想起“阿拉伯的劳伦斯”。当劳伦斯一身白袍出现在英国军官面前时，同僚们笑他“做作”，然而不把自己的灵魂放进袍子里，你无法了解阿拉伯人。

住处面朝大海，但下水也需穿黑袍，两年之中我从未在加沙地中海畅游。终于有一天，我兴冲冲决定在清晨 6 点海边无人时下水。黑袍罩着泳衣，瞒过看楼的警卫，打算游到水深处再脱下袍子系在腰间。一切按计划顺利实施，直至我把袍子系在腰间，才发现阻力太大，根本游不动了，悻悻而归。

两个星期后，碰到住在隔壁一栋楼的巴勒斯坦记者。他认真地问：“你有什么烦恼吗？那天天刚亮我看见你一个人下海！”

更痛苦的是，40 多摄氏度的天气下戴头巾，还要不断跑动拍摄。一次汗流成溪，冲走了我的一只隐形眼镜。睁一眼闭一眼开车回来时，同车的巴勒斯坦警察坚决不许我摘掉头巾，因为他不想被人看见自己跟一个没戴头巾的女人坐在一起。

有次去拍葬礼游行，狭窄的街道上，已经有记者站在一间店铺顶上，架好镜头，等尸体从对面的市中心大清真寺抬出来。绕店铺一周，没有发现通向顶层的梯子，原来记者们都是攀电线杆

/ 巴勒斯坦妇女在海滩，入水也要穿长袍

/ 西岸巴勒斯坦孩子训练游泳

爬上去的。见我犹豫，他们说，没选择，上来吧。一横心，我把相机往后甩，斜挎摄影包，提起袍子下摆，在腰间打了个结，喊一声“闪开了”，蹿上电线杆。

电线杆不是实心水泥的那种，而是有菱形镂空图案的铁柱子，不难爬。绝大部分巴勒斯坦妇女着装保守，不单独上街，不高声谈笑。现在，几千个巴勒斯坦男子看一个袍子下面露出牛仔裤、装模作样裹了条头巾的外国女人爬电线杆，这可比葬礼有意思多了。一个小孩带头，大家一齐鼓掌、喊号，给我加油。连电视记者都把摄像机镜头转过来。

房顶上没有栏杆，我就站在屋檐伸出来的那个部分。真怕谁一不小心把房顶踩塌了。葬礼开始，哈马斯对空鸣枪，震耳欲聋。距离太近，我看见黄铜弹壳一梭梭蹦出来。怕掉下去，怕机枪偏离方向，就这样颤颤巍巍站在人群上方举起相机。

这个屋顶终于在一年多后的另一个葬礼上被踩塌，有人受了轻伤。

P. F. L.

/ 只为高处拍这一张葬礼照片

/ 流血冲突以来的第一场白雪，降落在金顶清真寺之上。带给不能离开加沙的巴勒斯坦朋友看，他们脸上流露出深深的安慰，隐隐的痛楚

篇四

# 圣地

如果你看见犹太人站着祈雨，在一个多雨的国度祈雨，你就看见了人们如何记忆。

——耶胡达·阿米亥

上帝把你带到这里，为着一个原因。

——以色列人朱迪对我说

## 离上帝最近的地方，人声鼎沸

下午 2 点到的，门卫告知必须预约，下一批在 4 点 30 分。

等待。通往西墙的台阶上，斜靠着几个乞丐，有人经过身边时，摇一下手里的罐子，硬币叮当。西墙是哭墙的别称，因为这堵墙原先是犹太人圣殿西面的围墙。历史上，圣殿两次被毁，今天残存的西墙成为全世界犹太人的心灵故乡。犹太人在此追思民族苦难，每每落泪，“哭墙”由此得名。今天，露在地面上的西墙墙体，供人贴近祈祷；其余部分需要走入隧道参观。

一个卖素描的犹太人，手撑着椅子背站起来，双眼半开半闭，念念有词，身体前后晃动，大概是到了祷告时间。素描挂了一墙，内容是学习经文的犹太儿童等。等他重新坐下，我上前问可不可以拍照，他瞥了我一眼说：“有钱买画，不买走人。”

离哭墙最近，有一家菲拉菲莱店。菲拉菲莱是中东小吃，绿

/ 哭墙，墙缝里塞满心愿纸条

豆制成，有点像中国的素丸子。巴以这一架打得连菲拉菲莱都不放过——我在以色列买的冰箱贴，图案是菲拉菲莱插着以色列国旗，上书一行字“菲拉菲莱，以色列国食”。巴勒斯坦人见了愤愤地说：“哼，他们连这个都要作假，菲拉菲莱是巴勒斯坦传统小吃！”其实，生活在一块土地上的巴勒斯坦人和以色列人，饮食习惯相近。

这家菲拉菲莱店里，同样写着“以色列国食”。菲拉菲莱太凉，薯条太油，价格是别处的几倍。一只黑猫在脚下来回转悠，绿眼凶凶瞪着我手里的菲拉菲莱。

回老城。熟悉的犹太区和穆斯林区。犹太区依然是阳光绿草，玩滑板的孩子不时从眼前飞过，理都不理你，两边店铺光鲜精致，价格蜇人。一拐弯，道路变窄，仅容两人错身而过，店铺还从窄路两侧逼过来，卖的都是旅游纪念大路货，逼过来的店铺里伸出打招呼的手：“嘿，进来看看！嘿，日本人？中国人？”你就知道到了阿拉伯区。

两个阿拉伯孩子在路边做什么手工艺品，呆呆地望了我一会儿。两个年纪更小的犹太孩子背着书包从路口跑来。经过阿拉伯孩子面前时，其中一个的犹太小圆帽落地，另一个赶紧帮他捡起来，戴好。

返回犹太区。一个30岁左右的男子走过来，热情招呼：“我叫谢姆托夫，导游，可以带你去戈兰高地、马萨达、内盖夫沙漠……老城，我可以带你去看许多‘秘密的地方’……”他是我今天碰到的第三个自称导游的人了。受冲突影响，以色列旅游业大不如前，导游们不得不放下身段，守景点待外国人。

“我在这里已经两年了。”原本以为这句话可以彻底打消谢姆托夫的念头，没想到他走出几步，又回来诚恳地说：“我带你去个地方，算是白送的‘样品’。”

一户人家的院子。转上顶楼阳台，金顶清真寺、阿克萨清真寺，历历在目。“‘阿克萨’的意思是极远、天边，”谢姆托夫用英语飞快地说，“但阿克萨不一定在耶路撒冷，阿拉伯人无根据地把阿克萨同耶路撒冷联系在一起，还宣称对这里的主权……不过，你可千万别跟穆斯林这么说，也别说这是我说的。”他一再叮嘱。

/ 两个犹太孩子经过阿拉伯区，其中一个的犹太小圆帽落地

# 救世主在路上

4 点回到公厕旁边的隧道入口。背对哭墙祈祷区坐下，4 点 30 分这一批游客渐渐到齐。美国人、匈牙利人、菲律宾人，还有两个黑衣黑帽的正统犹太教徒。忽然，身边站满了持枪警卫，其他游客都站起来。我回头一看，刚才还人山人海的祈祷区空空荡荡，一辆警车抛锚在中间，大喇叭里希伯来语高喊一阵。警卫翻译，发现一个炸弹，要引爆它。大家捂住耳朵。

一名妇女拍拍我："记者吗？""是。""哪国的？""中国。""你一定要在中国的媒体上说，上帝创造犹太人，不是为了遭别人杀戮的！""没有人生来是为了遭人杀戮的。"我说。她道谢，塞给我一张名片，正面是七条戒律，反面写着"救世主在路上"。这是个犹太人宗教组织的宣传名片。那妇女又转向匈牙利人："你必须在匈牙利宣传……"

我准备到警车旁拍照，警卫拦住不放。祈祷区入口地上有个黑色塑料袋，大喇叭又喊了一阵，警卫说，马上要爆炸了。

“嗵”的一声响。

黄色小机器人过去收拾残余，然后缩回警车。人潮重新回到祈祷区，安安静静。

警长阿哈龙还是不许我拍照。我问，哪儿来的炸弹？他说，那不是炸弹，是疑似炸弹，可能是谁忘记把包拿走，“但我们必须当它是个炸弹引爆”。“这种情况经常发生吗？”“大概一星期两次。”

年轻的以色列导游领我们进入隧道。首先看圣殿山模型，讲解犹太人圣殿历史。一名游客的手机铃声大作，导游要求他到远处应答，以便大家听清讲解。那人走出几步，叽里呱啦。一群刚刚接受完“爱国主义教育”的以色列小学生从隧道里出来，叽叽喳喳。压阵的是个保镖，手里一支卡宾枪。

隧道就是隧道，阴阴湿湿，两边是大石头。正是祈祷区哭墙的延伸。隧道的开发并没有完成，因为再往前挖，就要穿过金顶清真寺地基，阿拉伯人不同意。

“现在，你们头顶就是阿拉伯区的街道。”导游说。走到另一个更大的模型前，我们坐下听他解说。“这堵墙壁就是过去的西墙，它是整个圣殿西面的墙，最长，离圣殿中心最近，所以犹太人都到这堵墙祷告，”他一按电钮，一大块建筑模型突然升高，盖过西墙，“阿拉伯人来了以后，沿西墙修建房屋，盖没了这堵墙……”观众发出一阵啧啧声。

我问："阿拉伯人为什么要盖住西墙呢？""哦，没什么特别的理由，"导游回答，"你要盖房子，那里有堵墙，很自然会贴着墙盖。"

西墙上有缝隙和小洞，塞满了写着心愿的纸条。前面出现一道小拱门，五六名犹太妇女在里面祷告，烛火摇曳。拱门上方写着："此地正对圣殿基石，是神圣中的神圣。"

这就是"离上帝最近的地方"。

导游说，参观结束后我们从基督教区苦路（耶稣受难走过的路）离开。西墙隧道之所以每次只允许大约 30 人进入，因为刚开放时，发生过挤死人的事情。"从苦路我们要穿过阿拉伯区，会有两名保镖跟着我们，大家不要理会叫卖的阿拉伯人，不要走到领头的保镖前面，也不要落在压阵保镖后面。"

走回地面，手指扣在扳机上、肩头安着对讲机的保镖迎上来。团队里一名妇女指着保镖的枪叫孩子看。五六个阿拉伯青年懒洋洋地坐在路边的台阶上看着我们。一个阿拉伯人托

/ 西墙隧道内

着纸盒过来："相机电池、胶卷……"

出发，保镖一路警惕地张望两边。阿拉伯孩子在路边嬉闹，队伍里一个金头发的美国女孩停下来看，被妈妈拽回去。我曾经多次一个人在阿拉伯区游逛，从来没想到过危险，所以大胆跑到阿拉伯孩子跟前照相，然后赶紧跑回队伍里。为了表示尊重，我对压阵的保镖说："对不起，让你担心了。"他说："如果你不想跟我们走，我才不管你呢。"

回到哭墙祈祷区入口，保镖完成任务离开。一个阿拉伯孩子冲我做鬼脸，要求照相，身后墙上黑笔画着两颗大卫星，以色列国徽。

离上帝最近的地方，我只听见人声鼎沸。

# 伯利恒：我的朝圣之旅

与巴勒斯坦基督徒拉纳说好7点半在埃雷兹检查站见面，结果9点拉纳还没到。她的手机在家里。她丈夫解释说，以色列禁止加沙的巴勒斯坦人带手机进入以色列。

下起大雨，我在检查站里几乎睡着。9点半，包括拉纳在内的巴勒斯坦基督徒“伯利恒朝圣团”十人终于从工人通道出来。原来是拉纳不知道每个人需要单独取得一张通行证，以为可以随团。搜身检查又花去不少时间。

拉纳却不在乎这些，一脸笑容地上了车——两年来，她第一次得到通行证前往基督徒心目中的圣地，耶稣诞生地伯利恒。加沙与伯利恒等城市都属于巴勒斯坦管辖，但中间隔了整整一个以色列，必须办通行证过检查站。

拉纳没有像我通常见到的加沙妇女那样戴头巾，反而化了彩妆。与我同车的是两个基督徒、两个穆斯林。我问他们，加沙的 1500 名基督徒生活在 150 万穆斯林中间，双方关系如何？车里的基督徒和穆斯林都说“没问题，亲如一家”。加沙地带和约旦河西岸巴勒斯坦基督徒人数占总人口的 8%左右，主要集中在西岸。加沙地带 500 多座清真寺中，矗立着 3 座基督教堂。除了礼拜时间不同外，平时很难看出谁是基督徒谁是穆斯林。1000 多年前伊斯兰教进入巴勒斯坦之前，基督教曾是这里的主导宗教。

我问 35 岁的拉纳有几个孩子。“两个。”38 岁的穆斯林卡米尔有 10 个孩子。拉纳的长子叫“威廉”，取自《圣经》。虽然与英国王子同名，姓还是充满阿拉伯特色：阿布杜拉。

在距离伯利恒不远的比特·贾拉镇，我们不得不下车步行，因为以色列新设的石头路障拦住去路。下着雨，我们吃力地翻过一个小山头。

好儿辆出租车在等客了。这个地区基督徒比较多，出租车后视镜上都挂着

/ 西岸时髦的巴勒斯坦妇女

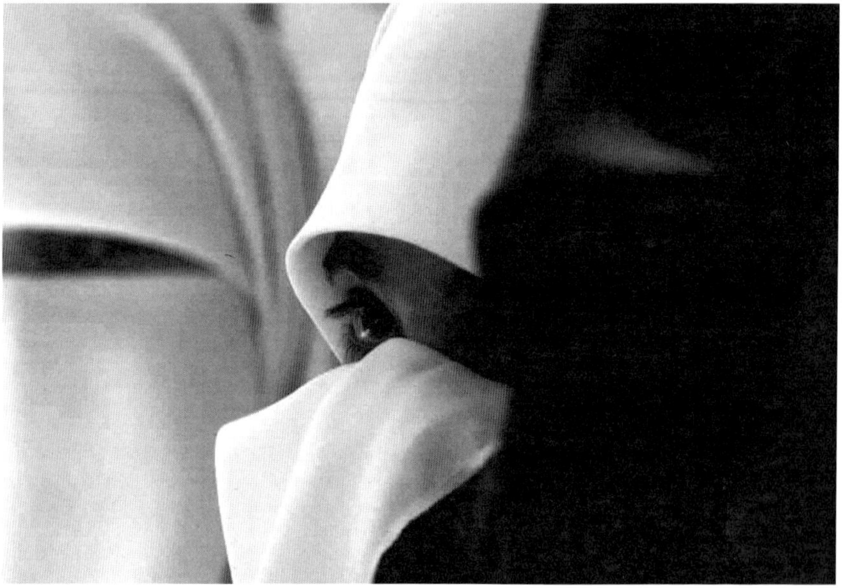

/ 加沙蒙面妇女

十字架。“乔治。”一个司机招呼同伴——又是一个西方名字与阿拉伯名字的组合。

冒着大雨，我和拉纳终于来到伯利恒圣诞教堂前——传说中耶稣诞生的地方。

低头弯腰进了一道小门。“弯腰进入谦卑之门时，别以为我心里不害怕……”美国《洛杉矶时报》女摄影记者科尔这样回忆。2002 年 4 月，123 个遭到以色列军队围追堵截的巴勒斯坦人闯入圣诞教堂寻求庇护，与以色列军队对峙 39 天，终获和平解决。对峙期间，科尔突破封锁，从这扇“谦卑之门”跑进教堂，拍摄了后来获得普利策新闻奖的照片。入口如此窄小，传说是基督徒为了阻挡穆斯林骑马进入。不管怎么说，为进入圣地而弯腰谦卑，仿佛天设。

光线一下子变暗。空气里是蜡烛燃烧的香味。石头地面凹凸不平，罗马石柱泛出光泽，黄里透红的颜色犹如血脉搏动。高高的天花板上垂下来无数金属吊灯。有几块木地板刻意打开，下面是教堂被毁前的底色：彩色马赛克。岁月无情，色泽转淡，那是1600 多年前罗马君士坦丁大帝之母海伦娜的杰作。

基督教曾遭罗马统治者迫害，直到公元 313 年，君士坦丁大帝宣布帝国境内有信仰基督教的自由。公元 326 年，君士坦丁大帝的母亲海伦娜前往耶路撒冷朝圣，拆除维纳斯神庙，亲自确定了包括伯利恒圣诞教堂在内的几处圣址。两百年后，查士丁尼大帝改建“圣诞教堂”。592 年遭破坏，十字军时代修复过，后来经历多次改建。

弯腰进入另一道窄门，前方是个祭坛，烛光跳动。沿祭坛旁一处光滑而狭窄的台阶下去，空间更小，吊灯更密集，人头攒动，无人高声说话。拉纳指，这就是耶稣诞生的地方。

右手边是令人屏息心跳停止的“伯利恒之星洞”。相传耶稣当年就出生在这里的马槽内，东方三博士在异星指引下，来到伯利恒拜见耶稣。现在，马槽被装修成一个大理石圣坛，地面镶嵌着一枚空心的 14 角伯利恒银星。银星代表那颗“异星”，指示耶稣出生的具体位置。上面用拉丁文刻着“圣母马利亚在此生下耶稣”。银星上方悬挂着 15 盏属于基督教各派的油灯，分不同时间点燃。在拉纳的指导下，我伸手轻轻触摸了一下银星里凝固的暗红色蜡烛油，放在嘴里舔了舔，默默许愿。

从静穆的气氛中慢慢退出，教堂外马槽广场还算热闹。商贩、记者、小孩熙熙攘攘。小孩分两种，一种是父母领着，干干净净，少数还打扮成圣诞老人；另一种是卖口香糖的，面色黝黑，死缠烂打。

广场上伯利恒和平中心人头攒动。两个接待小姐好奇地打量黄色面孔的我，抢着递过来一张 2002 年伯利恒日历，题目叫“Bethlehem under Occupation”（占领下的伯利恒）。每月一幅图案：坦克、冒烟的房子、废墟、推土机、被蒙上双眼的巴勒斯坦犯人等等。日子用黑红两色区分，红色表示“被占期”，共 153 天。还有一行字：“The occupation is still going on”（占领在继续）。我庆幸这是 2002 年，还差几天，悲惨的一年即将过去。

一名英国口音的记者正采访一个衣冠楚楚的巴勒斯坦人，伯

/ 步入耶稣诞生的地方

利恒和平中心负责人。负责人把我和那名英国记者拽到门外，让我们看广场边两棵高大的树，一棵是杉树，另一棵还是杉树，今年没有任何装饰。他说，伯利恒65%的居民都靠旅游吃饭，这下全歇菜了。我问负责人，今年伯利恒宣布不搞庆祝活动，和平中心大厅里怎么还有一棵挂彩蛋的圣诞树？他的回答很精彩："即使有痛苦，也不能压抑欢乐。"

走出和平中心，被人一把抓住。还是卖口香糖的小孩说："给点钱吧，我没新衣服穿。"我身上只有100元的票子。他说，我找你，然后摸出一把10元谢克尔。

一所小学的师生在校长伊斯梅尔·马格比尔带领下，扛着写有标语的木牌出现在广场上。一个还没木牌高的小姑娘，费力地举着牌子："耶稣说：'让孩子到我这里来'。"身后栏杆上画了象征宵禁的铁丝网，上面写着几个大字："寂静之夜？恐怖之夜！"

童军队列表演。100多名穿土黄制服的男男女女们踏着不怎么整齐的步子，举着彩旗在广场上走了几趟。没有敲鼓，也没吹号。带队的阿拉伯教育中心体育教练哈纳·祖摩特告诉我，往年阵容比这大多了，好几百人，吹吹打打，围观群众得有10万，整个广场水泄不通。今天，这里一共就1000多人。

穿白袍的宗教队伍接着上场。领头的几个举着"法器"——金色十字架、油灯，跟在后面的捧着《圣经》，有人边走边念。他们是列队迎接耶路撒冷拉丁教堂大主教米歇尔·萨巴赫前来主持弥撒。

一个78岁的老人扛着圣母马利亚刺绣像出现在人群中，几个

/ 伯利恒清真寺宣礼塔上的新月，倒映在金色十字架上

巴勒斯坦人举着大幅阿拉法特像紧随其后。以色列当局禁止阿拉法特参加圣诞节午夜弥撒。

一阵热闹的音乐声叫我驻足。原来是 7 个来自德国、瑞士等国的年轻志愿者为巴勒斯坦儿童巡回演出，在平安夜这一天到达伯利恒。他们穿着红白两色的衣服，为儿童演唱欢快的圣诞歌。这个团体的名字叫作“heart to heart”，中文“心连心艺术团”也许是最贴切的翻译。

所谓“舞台”其实就是圣诞树前几张长椅隔出来的一个空间。挤在前排的都是不足 10 岁的小孩。他们笑啊，拍手啊，跺脚啊，相互推搡，天性完全释放出来。几个金头发的女演员边唱边舞。还有两个演员扮成小丑，同孩子们握手。这么欢快的气氛，真有点不适应。要知道，现在全世界媒体都在报道“伯利恒迎来历史上最悲伤的圣诞节”。女演员转了几个圈子，凑到小孩子们跟前唱：“无论如何，每个人都知道，这是圣诞节！”追求欢乐，正是天性；政治局势越晦暗，人们越需要一个盛大的、欢喜的节日。“把欢乐还给巴勒斯坦儿童。”21 岁的演员、会讲阿拉伯语的德国人马克说。

一个孩子带着“圣诞老人”面具，神气活现地出现在众多记者镜头前，喊着“给我照相”。几个穿“圣诞老人”衣服的小孩也招来记者们一顿猛拍。要不是他们，没有圣诞树、没有彩灯的伯利恒也许更让人烦恼。两个挂满彩色气球的商贩在没有装饰的广场上，十分亮眼。4 岁的尼古拉斯选了只蓝色海豚气球。妈妈说，局势这么糟糕，以军几乎每天实行戒严、宵禁，我们怎么高兴得起来。尼古拉斯则童言无忌，脱口而出："我很高兴。""为什么？"

政治没有放过节日。一个名为"巴勒斯坦人民主张"的组织在圣诞教堂塔楼前打出一面巴勒斯坦国旗，十几个人站成半圆形，手里举着写有"停止占领""反抗不是恐怖""有定居点就没有永久和平"等标语，站在蒙蒙细雨中。组织负责人头头是道："无论是基督徒还是穆斯林，首先都是占领下的巴勒斯坦人，我们利用这个全世界关注的节日表达心声。"

打算买邮票，在平安夜寄出盖有伯利恒邮戳的明信片。但是邮票卖光了，我失望而归。美国人阿力克斯过来搭讪。在仍然挂着"2000"字样霓虹灯的"圣乔治"饭店里落座，他故作神秘，凑过来耳语："我是犹太人，在耶路撒冷希伯来大学教历史。"

我说自己没买到邮票，他慷慨地拍出一叠在耶路撒冷买的以色列邮票，问我要多少。想起加沙邮局不给盖了耶路撒冷邮戳的明信片盖加沙戳，我提醒他，以色列邮票可能有麻烦。召来侍者一问，果然以色列邮票不能从伯利恒寄信。政治什么也不放过。阿力克斯傻眼。

晚11点，"午夜弥撒"开始。大约1500多人填满了空间，一些人坐在地上念经。教士举着法器绕场一周。阿拉法特被以色列军队软禁在拉姆安拉，派人送来自己的黑白格头巾，放置在伯利恒弥撒现场第一排的椅子上。2000年12月24日，千禧年，伯利恒曾见证最热闹的一次圣诞庆祝活动：满天焰火，照亮夜空。大主教用阿拉伯语、法语、拉丁语等多种语言致辞，群众肤色齐全。

当时，全世界不知道多少教徒同步收看伯利恒圣诞教堂与罗

/ “伯利恒之星”洞里牧师们在祷告

/ 以军围困圣诞教堂时的作战图

马梵蒂冈大教堂同时举行的午夜弥撒。阿拉法特也在场。

然而今天的伯利恒，不见了阿拉法特，也没有焰火。大主教在致辞中谴责以色列在这座城市实施戒严，破坏了人民的正常生活。

手里的导游书，如此描述我住的这个饭店："附有阳台，设备齐全，有电视空调。内部装修十分传统……"连护照都没看，经理就安排我入住。住进去才发现只有"内部装修十分传统"属实。电话电视机都用不了。为什么？经理拉我看接待处里一束裸露在外的电线和地上的一个破电脑："犹太人全砸了。"2002 年 4 月圣诞教堂对峙期间，这个离教堂最近的饭店跟着遭殃。

经理特别高兴有了客人，给钱还用看什么证件。他说昨天是 2000 年 9 月大规模冲突爆发以来，饭店首次开张。他家住在比特·贾拉镇，不做经理时就干点别的——什么都干，否则一家人无法养活。他向我展示了一张图：圣诞教堂对峙期间，以色列军方绘制的教堂及附近地图，红笔勾勒出进攻路线。

我离开的第二天，12 月 26 日，以军重新占领伯利恒，恢复在马槽广场巡逻。坦克、装甲车开进伯利恒市内，向正在户外走动的巴勒斯坦人投掷催泪瓦斯，高音喇叭宣布全城戒严，要求市民全部回家，外出者将被打死。

"2002 年伯利恒"日历的确印早了，26 日以后他们印的是"黑色"，表示"非占领"。

## 我们的国家是疯子

德维来自宗教气氛较浓的家庭，他却只在汽车里放一顶犹太小圆帽，“见到我爸的时候得戴上”。德维的父亲是个满脸胡子、一身黑衣的拉比。

父亲参加过 1967 年中东战争。当时，他和 6 名战友遭到伏击，只有他一人侥幸生还。战争结束时，以色列从约旦手中夺回耶路撒冷老城，从此犹太人又可以在哭墙前祷告。

战场归来，父亲的宗教情结浓重起来，非要在耶路撒冷老城买房。经商多年，如愿以偿，在老城犹太区住下，还取得了拉比资格。“你知道老城的房子多少钱吗，我父亲买的时候就 200 万美元了……”每次说到这里，德维都要认真地将房价换算成当前价格，除以家里兄弟的数目，计算自己将来可以继承多少。

终于有一天，德维带我参观他家，并且有一个“惊喜”。路灯

/ 耶路撒冷老城的犹太小孩

幽幽，石板街面反射出清冷的光。德维家是犹太区里一栋三层小楼，屋里满墙经书，挂毯和装饰画都是耶路撒冷城墙或九烛台图案。妈妈穿长裙、戴圆边帽子——犹太已婚妇女的标志；10 岁的弟弟，头上也顶着犹太小帽。

从供奉经书的柜子里，德维取出一只深蓝色丝绒袋子。里面是两块每边长大约 5 厘米的正六方体，系着长长的黑色皮带。六方体的每一面上都刻有金字，德维说，这些字的含义是“上帝是全以色列独一无二的神”。打开六方体，里面是一块黑色印章，只一面刻着一个凸起的希伯来字母“上帝”。这个字母的样子好像由一点发出、等角度伸向三个方向的斜线。德维把一个六方体戴在额头，用皮带固定，在下巴上系扣。另一个系在左胳膊内侧，黑皮带一圈一圈缠绕下来，最后在手背上系出一个“上帝”字母的图形（从一点拉出三股皮带）。

这就是犹太男子年满 13 岁、举行成年礼时使用的经文盒子。根据他们的习俗，在额头和手臂缠绕经文盒子，表示遵行《旧约·申命记》11 章 18 节的经训：“你们要将我这话存在心内，会在意中，系在手上为记号，戴在额上为经文。”盒子虽小，里面却刻着大量用显微镜才能看清的经文。经文盒子的价钱不一而足，取决于质地和做工。

德维使用的这个牛角制成，价值 100 美元，很高档。父亲说，这是留存一生的印记，一定要买好的。

我伸手想拿过盒子看个究竟，被德维一把打开。即使在完成成年礼之后，女性也不准触摸这个盒子。他母亲收起经文盒子时，也只能隔着丝绒袋操作，不得碰到盒子本身。

不过，神秘的经文盒子，还不是德维所谓的“惊喜”。“跟我来。”他一招手，跑上楼梯。

楼顶。毫无阻挡之下，岩石清真寺巨大的金顶“轰”的一声出现在我面前。黄金铺就的拱顶，在淡蓝色烟雾里闪耀，夜幕浩瀚，繁星点点；万千丝竹之声骤然响起，定神凝望，金顶还是沉默着。

脑子遭到轰炸，只剩下两个字：登霄。

近在咫尺。传说中伊斯兰教先知穆罕默德听从真主召唤，登上九重霄的地方，清真寺内至今保存着穆罕默德踏脚的那块岩石。“这是穆斯林的……”话还没说完，德维就打断我：“你疯了吗？寺里的东西都属于犹太人！”想起来了，穆罕默德登霄踏的那块岩石，也是犹太人祖先亚伯拉罕向神祭献独子的地方。也想起来另一个以色列人，丹尼尔——他那样的人在以色列被划成“左翼”，他厌倦了冲突，说不想跟阿拉伯人争夺圣地：“得了吧，用我的一辈子来争那块黑石头？”

无论祭献还是登霄，当时都还没有这清真寺，没有这金顶，只有黑色岩石。可是这圣城，这烟雾，这夜幕和星星，闪耀了千年。

“这里，就是犹太区的尽头。”德维指点不远处一堵院墙，把我拉回现实。而他家对面，3 米开外，就是穆斯林区。“5 年前，对面的巴勒斯坦小孩朝我家吐口水、扔石头，我就把石头扔回去，砸到那孩子的脸……然后我闯到他家里吼：‘再敢这样就杀你们全家’……后来我们相安无事，一直到现在……”“威慑”向来是德维的处世哲学。上小学时遭同学欺负，他居然用酒瓶戳伤对方的

/ 普林节上欢庆的犹太人

הפלאפל של גאולה
פיצה אמריקאית
ריאו

肚子。虽然遭到停课处分，但从此无人再敢招惹他，大家都认为他是个疯子。“我们的国家也是这样，谁敢欺负我们，就加倍报复。”德维当然服过兵役。

俯瞰老城的房子，挤挤挨挨，层层叠叠，穆斯林区、犹太区、基督徒区和亚美尼亚区，犬牙交错，纠缠不清。分明是“你中有我，我中有你”，人却要争它个泾渭分明。

德维家晚饭吃“库丝库丝”，据我所知，这也是北非阿拉伯人的传统食品。黑衣黑帽的父亲看见我时，用手捂住眼睛喊起来：“天哪，这是什么？”德维说，父亲在开玩笑。不过他确实很少见到异教徒或外国人。

道别时，德维指着隔壁人家紧闭的门说，这家的女儿去年死于巴勒斯坦人实施的自杀爆炸，她父母从此不跟别人说话了。

# 记忆如圣

犹太人对历史的执着，早有耳闻，更读过故事、看过电影。但在耶路撒冷，还是有两次经验触动了我。

美国犹太人史迪夫的第二个儿子行割礼（犹太男子出生第 8 天后行的仪式，割去包皮）。史迪夫放弃在美国的生活，只身来到以色列。我在他那张俊美的脸上，看到一种寻根之后的圆满。

割礼之后是个简单的餐会。史迪夫首先致辞，讲起犹太节日“光明节”的典故，号召大家反思祖先坚守传统的精神。底下坐着许多白头发老人。

这是个年轻人给老年人讲历史的民族。

大屠杀纪念馆。

灭绝营、生命之火、姓名馆、图片资料馆非常震撼。有一个地方卖别针，问上面的希伯来文字是什么意思。柜台后面的人冷

/ 150 万犹太儿童遭纳粹屠杀

冷看我一眼，牙缝里挤出四个字："不要忘记。"

展馆里有张图片：一名犹太女孩在地球仪前寻觅："哪里才是我的国家？"竟然同我在加沙看到的巴勒斯坦电信局广告如出一辙：一名巴勒斯坦女孩在地球仪前自问："哪里才是我的国家？"

在纪念馆花园一万九千多棵"义人树"中寻找，答案却是那里根本没有为何凤山植的树。"因为已经没有更多的地方栽树，所以他的名字只是刻在石碑上。"管理员老太太说。

何凤山是"二战"时期国民党政府驻奥地利总领事，向奥地利犹太人发放签证，帮助他们逃脱德国纳粹屠杀。

记忆，或者说民族伤痛，也是圣地，不可侵犯。犹太裔美国作家托马斯·弗里德曼写了《从贝鲁特到耶路撒冷》，也写了《世界是平的》。他略略带刺地写过，今天的以色列，是"拥有空军的大屠杀纪念馆"。伤口总是痛，而手里已经有了强大的武器。

以色列诗人耶胡达·阿米亥的说法则较为中性：如果你看见犹太人站着祈雨，在一个多雨的国度祈雨，你就看见了人们如何记忆。

/ 纪念两名曾经救助过犹太人的中国人

IF YOU SE

/ 开往集中营的最后一辆列车，一名与孩子走散的犹太母亲写在车厢上的话：『如果你看见我另一个儿子……』

/ 女工们走出检查站，地上是男性工人们的外套，
他们不能穿着外套通过检查

篇五

# 隔离

早在隔离墙建起来之前，巴勒斯坦人和以色列人心中就有了一道墙。

# 孤岛是这样形成的

村长拿来几张纸，手写的阿拉伯语字条："2003 年 3 月 16 日，星期日，上午 10 点，此地腾空。"这是隔离墙动工之初，以色列人通知巴勒斯坦人"腾地儿"的方式：在树干上钉几张这样的字条。

盖勒吉利耶，一座四面全部被隔离墙封死的城市，其中一个名叫贾尤斯的村庄，隔离墙在这里向巴勒斯坦控制区伸进 6 公里。贾尤斯的村长介绍，这么一来，这里的巴勒斯坦居民失去了 9000 亩土地、120 个暖棚和 3000 多棵橄榄树。

当地居民举行了几次示威游行，根本无济于事。"巴勒斯坦政府怎么说呢？"我问。"没有以色列的同意，巴勒斯坦部长们也进不了这里，我们像生活在荒岛上。"村长说。

52 岁的巴勒斯坦医生侯赛因・夏迪原先在村里有 13 亩土地，隔离墙修建后其中 8 亩圈到另一边。原先他雇了 11 个农民耕地，现在只留下了两个。“我失去了土地，他们失去了工作，”夏迪说，“冲突爆发前，以色列总理沙龙还到盖勒吉利耶的餐馆吃过饭呢。”

开车带我来隔离墙的，是安，金发碧眼，加拿大志愿者，为巴勒斯坦政府工作。驾驶租来的吉普车，挡风玻璃后放上特别标记——加拿大国旗和一条黑白格相间的阿拉法特头巾。途中，她一会儿将头巾放上来，一会儿又赶紧收起来。放上，是为了提醒躲在暗处的巴勒斯坦狙击手，我们是友好人士；收起来，是因为前方出现以色列坦克或士兵。

一路上，安讲得最多的话是“这是个绝好的伏击地点”。从耶路撒冷去往西岸巴勒斯坦城市的道路上，经常遭遇两边壁立千仞，中间羊肠小道的情况。“这里，去年 10 月，一个巴勒斯坦狙击手打死了 10 个以色列人，”在距离拉姆安拉不远处的一个伏击地点，安指指窗外说，“每天清晨和午饭时间，是枪击高峰段，那时候我决不去西岸。”

吉普开上隔离墙工地。清楚地看到，绵延的铁丝网和铁桩，还有穿梭往来的推土机。一些地方，高约 10 米、宽半米的水泥板块已经运到，吊车正把板块“种植”就位，好让它们连成高墙。一年前，也就是 2002 年 6 月 16 日，隔离墙破土动工。眼前的隔离墙正在修建之中，一些路段似乎并不设防，任我们靠近；遇到有瞭望塔的隔离墙，安变得非常小心，远远停车，问清楚当地居民再靠近。

在一处僻静的小山头脚下，几个巴勒斯坦人沿弯弯曲曲的小道走来。安说，看，这些人穿小路，就可以绕开以色列检查站。

/ 隔离墙雏形

“自杀爆炸者就是这样渗透到以色列的？”我问。“有一部分是。”安承认。“那么以色列为什么不把这些道路全部封死呢？”“西岸地形错综复杂，与以色列的交界线很长，根本不可能全部堵死。”安还说，吉普车驶过的许多道路正是近几年形成的，因为原来的道路已经被以色列封死。

安认为，修建隔离墙并不能杜绝人弹，真正用意是攫取更多土地。隔离墙并没有按照1949年巴以停战分界线，也就是“绿线”修筑，而是越过“绿线”，伸进巴勒斯坦控制区，形成一道实际边界。

隔离墙打破了巴勒斯坦人与土地之间的联系，失去土地的巴勒斯坦人将变成以色列或邻近阿拉伯国家的工厂奴隶，安这样形容。更惊人的是，大部分修建隔离墙的工人是巴勒斯坦人——在失业率达到70%以上的约旦河西岸巴勒斯坦城市，这也是一份工作。

吉普车再次上路。在一条5米多宽的土路两侧，各出现一道铁丝网。安指给我看，铁丝网背后各是一个巴勒斯坦村庄。两个相隔仅5米的村庄今后如何往来呢？以色列建议修建地下隧道供巴勒斯坦人行走　当然，这得由巴方出钱，而以方控制出入。

## “西岸？只有犹地亚和撒玛利亚！”

与安参观隔离墙的第二天，以色列“自由新闻”通讯社记者大卫·拜典带着我沿几乎同一条线路穿行约旦河西岸。以色列人又是怎么看？

“西岸？你说的是‘犹地亚和撒玛利亚’吧？”拜典很不喜欢我动辄用“西岸”这个地理名词。犹太人把那里叫作“犹地亚和撒玛利亚”，是大约3000年前，一南一北两个犹太人国家首都的名字。那两个国家是以色列和犹大国。西岸地区遍布犹太人先祖遗迹。

“没有一个犹太人有权利让出‘犹地亚和撒玛利亚’。”以色列开国总理本·古里安曾经这样说。从不同的称呼上就可以看出，巴以间争夺土地的真正战场，在西岸而不是加沙地带。“连先知穆罕默德都没有到过加沙。”巴勒斯坦人半开玩笑地告诉我。这同样可以解释，为什么以色列总理沙龙提出单方面从加沙地带撤军，以此换取舆论对保留西岸犹太人定居点的默许。

“自由新闻”通讯社的观点比以色列官方立场更激进。拜典反对修建隔离墙，不是因为圈进巴勒斯坦人的土地，而是建了墙，墙外面的土地就拿不回来了——“犹地亚和撒玛利亚本就是以色列地，不可分割！”

隔离墙如一条灰色长蛇，蜿蜒穿越约旦河西岸的巴勒斯坦城市。虽然将部分巴勒斯坦土地圈到今天的以色列国一边，同时也把少数犹太人定居点孤立在墙外。

通往西岸城市希伯伦的路上，我们停车在一个以军检查站旁的小咖啡馆。进门，拜典指给我看两页用镜框镶起来的剪报：42岁的西蒙·基里斯和34岁的萨西·萨松先后在这里遭到巴勒斯坦武装人员枪击丧生。经济学博士基里斯当天刚刚为阿拉法特的经济顾问讲课，萨松的妻子则是一个帮助“恐怖活动受害者家庭”组织成员。

附近定居点的犹太妇女自愿开设了这个咖啡馆，为军人们提供免费的蛋糕和咖啡。三三两两背枪的以色列大兵围坐在小圆桌前说笑。咖啡馆外面的矮墙上，彩色油漆写着，“欢迎和平到来！”

/ 巴勒斯坦小孩看着隔离墙修起

# 休眠的火山

加沙与以色列之间隔着一个埃雷兹检查站，无数转门、铁门，严格搜查，保证加沙的愤怒不会延烧过边境。

清晨到埃雷兹拍摄巴勒斯坦工人上班，始知加沙的愤怒正如休眠的火山。

凌晨2点，家人还在熟睡，巴勒斯坦工人们陆续走向检查站。4点，是通道最热闹的时候。刚过巴方停车场，人声，灯光，油烟，扑面而来。到达工人通道之前，首先看到卖早点的店铺：一溜两排，门口还支着零星的小推车，香烟、菲拉菲莱、羊肉串、肖瓦尔麦（肉卷）……走过去时，两边不时伸出招徕生意的胳膊。

工人瓦里德刚买了个三明治。他说，以色列工业区内一个三明治6谢克尔，加沙才1谢克尔，任何食品都不能带进工业区，所以先在这里吃个饱。他说，以色列士兵把守的检查通道，仅容

/ 检查站巴勒斯坦一侧

一人通过，通过时工人必须脱去外套、裤子拉到膝盖以上、上衣撩到胸部，即使冬天也要穿露脚趾的凉鞋，否则会被怀疑夹带武器或炸药。

这就是为什么过去我经常在贵宾通道旁的一个工业园入口看到铁丝网或地上露天堆放着巴勒斯坦人的外套。下班，离开工业区，他们才回来穿好。下雨天怎么办呢？

工人通道的结构大致分四部分：店铺、巴方检查处、走廊、以方检查处。

过了店铺，巴方检查处已是人山人海。绿军装的巴勒斯坦安全部队士兵站在一张椅子上喊名字，工人们依次上前领取打工证。一盏灯泡昏黄的暗影里，裹着长袍头巾的巴勒斯坦妇女坐在地上。见我拍照，其中一个过来“理论”：“你为什么不早点来拍？我昨天1点钟来，9点才过关！”她在出埃雷兹不远的以色列小镇做罐头水果。

在失业率高达75%的加沙地带，有一份工作实在不易。埃雷兹检查站旁有一个以色列工业园，在那里打工的1500多名巴勒斯坦人主要从事钢铁、塑料制品加工，每小时收入5谢克尔，一天下来可以挣50谢克尔。如此算来，每月收入可以达到1500谢克尔，相当于加沙城里一个公司职员的月薪！但工人们否定了我的想法。“一星期中有三四天以色列因为‘安全原因’关闭工业区。”另外有一万多名巴勒斯坦人获准出埃雷兹，到附近以色列城镇工作，但每天必须返回加沙地带。

过关的辛苦且不说，最难的是两头受“威胁”。哈马斯等激进

/ 埃雷兹检查站里的祷告处

组织“恐吓”上班的工人:“给以色列人打工就是背叛巴勒斯坦人!”向工业区发射的卡桑火箭，不止一次落到工人队伍里；而大多数被迫成为“巴奸”、向以色列提供情报的巴勒斯坦人，也出自工人队伍。道理很简单，一张打工证，全家老小的生计。曾经有一名杰哈德官员遭到以色列“定点清除”，“出卖”他的正是自己的远房侄子。侄子去以色列工业区打工，从姓氏上被以色列方面发现他同那名杰哈德官员来自同一家族。摆在他面前的问题就是：要么出卖叔叔，要么失业回家。

胖子士兵巴士姆领我到一个小铁皮屋子前:“她是新来的女搜身!”一个30多岁的女人探出头来。一个月前，一名巴勒斯坦妇女在检查站实施自杀爆炸，成为首枚加沙“女人弹”，此后以色列方面要求巴方检查处增设“女搜身”。埃雷兹巴方检查处同以色列军方是“合作关系”，根据协议，这里的巴勒斯坦士兵有义务阻止巴激进

/ 等待上班的巴勒斯坦工人

组织实施针对以色列检查处的袭击。

进入走廊，恶臭扑鼻。旁边有男女两个厕所，都没有门。再往前走，是“祈祷区”。参加晨礼的巴勒斯坦工人跪倒一片。

通道两侧的水泥围墙三四米高，顶部是铁丝网。通道里不见光，工人们牲口一样挤挤挨挨。一个多星期前，通道内发生拥堵，一名工人窒息而死。此后工人们自觉分成若干方阵，每个方阵间隔一米。通道尽头以方检查处放行很慢，放过一批，方阵就往前奔跑一阵，领头人会适时命令大家停下，保持阵间距离。为什么要奔跑？工人们都想尽早过关，因为天黑前必须回来，多干一个小时，就多挣一小时工钱。

31 岁的阿布・艾哈迈德说，他在检查站北部的一个以色列小城市打工，每天可以赚到 150 谢克尔，除去交通费和午餐，最后剩下 100 谢克尔。出关后，有大巴士接工人们去指定地点打工，车费由巴勒斯坦工人缴纳。“你见过像以色列这样不讲理的国家吗？”“犹太人经常刁难我们，不拿我们当人！”“封锁、封锁，所以我们才不得不到以色列打工……我原来是大学老师呢……”他们怨声载道，却不得不抢着给自己的“敌人”打工。工人们的身份各不相同，其中不乏大学毕业生、教授等知识分子。

天亮起来，透过铁丝网的光，隐隐约约照见两侧高墙上阿拉伯文写成的标语：“美丽的祖国，伟大的人民”“保持清洁是信仰的一部分”“要念真主的名字”……

6 时，巴士姆凑到我身边，低声耳语：“以色列方面收到情报，有人从检查站附近店铺下面挖通地道，准备潜入站内发动自杀式袭击，以色列军车已经开到检查站外……”

检查站外，更多巴勒斯坦工人排队等候。两部以色列军车呼啸着穿过人群，跳下几名士兵，掀开地上一只阴井盖检查。几分钟后，埃雷兹方向突然传来持续枪声，间或伴有爆炸。士兵跳上军车掉头返回检查站。

工人四散奔逃。大约 20 分钟后，枪声渐趋平静。人们重新聚拢观望，但被告知今天不得出站打工。搭载工人前来的巴勒斯坦小公共汽车和出租车里，收音机全部打开。“自由之声”电台报道，两名巴勒斯坦人和一名以色列士兵在交火中丧生。不远处，拜特哈嫩镇的阿克萨烈士旅通过高音喇叭宣布对袭击事件负责。“他们是烈士，我们能说什么呢？”一名工人说。另一个人插嘴：“我不在乎他们要干什么，我只想养活自己的孩子。”

当天下午，以色列出动坦克和推土机，铲平埃雷兹通道内所有巴勒斯坦人店铺。当天清晨拍摄的照片，竟成了这些店铺最后的留影。店主们站在围墙外，眼睁睁看着推土机冲进店铺，一名店主哭着通过手机同“自由之声”电台现场连线：“那是我的全部家当……”

失业的人又多了。

/ 以色列士兵发现地道异常

## 一关难过

通道里，阳光很白，一个人都没有。过了电磁门，地下却坐着一个穿黑袍的巴勒斯坦母亲，怀里是熟睡的孩子。一只大黑包已经放在门外。“早上 8 点我就来了，他们检查了所有的东西，然后让我等着。”现在已是 12 点半。

随着冲突加剧，外国人进出埃雷兹检查站也变得越来越困难。

今天连第一道转门都不让出，铁栅栏门上又加了道铁杠。照例是等待。又见那个腼腆的狙击手，冲他摆手，对方点头表示谨慎欢迎。一个士兵在碉堡后面抽烟，另一个倒扣帽子的士兵上来查护照，“日本人还是中国人？”“中国。”“中国……寿司好吃，”他转脸向狙击手，“你吃过寿司吗？”狙击手摇摇头。随后他们叽里咕噜地用希伯来语对话，我只听懂“寿司”“西红柿”两个单词。

查完护照，又等了半小时。我撞击铁门，没人理。一小时过去，我开始咆哮。抽烟的士兵过来，说在通道里发现爆炸物，现在没人可以进来，没人可以出去。

工人通道是“袭击多发”地区，而命中重重铁门、转门、掩体背后以色列士兵的概率很小，替士兵挡子弹的，正是我们这些等候过关的人。

黑袍母亲法帖马的丈夫在萨巴阿，埃雷兹外一个以色列阿拉伯人村庄。结婚的时候，还没有埃雷兹检查站，现在不得不“两地分居”。以色列法律规定，加沙或者西岸的巴勒斯坦人，即使同以色列阿拉伯人结婚，也无法取得以色列公民身份。

地上的孩子闹起来，原来是两个！一男一女，女婴尚在襁褓中。一个东正教教士模样的人在转门 B 呼喊，要求开门。我们替他通报狙击手：“有人要进来。”狙击手冷冷地说：“我看见了。”但，门一直没开。

一个巴勒斯坦妇女带着十几个孩子靠近电磁门。水泥掩体里的以色列士兵声嘶力竭喊了半天，那妇女一摊手——听不懂！我便充当翻译。妇女来自西岸巴勒斯坦城市希伯伦，要回家。“你拿的是以色列身份证还是巴勒斯坦身份证？”“巴勒斯坦……”“退后退后！”士兵又咆哮起来，他的岗楼里，有机玻璃窗早就被打碎过。

士兵要求法帖马和两个孩子也全部退到电磁门后。法帖马抱起女婴，男孩扶着地爬起来，跌跌撞撞走过去。我的心都快碎了。

男孩哭起来。希伯伦女人递给他一个西红柿：“拿着吃，饿了吧。”法帖马无法再进电磁门，求我递过那只已经通过检查的大黑包，从里面撕出几块大饼，男孩和着眼泪吃。

两小时过去了。后来的两个记者问：“怎么了？”狙击手大声

/ 法贴马的两个孩子都在检查站地上

回答，里面出事了，但我不能告诉你细节，里面危险，不让你过去是为你好。那记者喊回去：“得了吧，还有比这里更危险的地方吗？我已经等了两个小时……”狙击手说：“我在这里已经两年了，你急什么？”一股邪风吹过通道，恶臭阵阵。

又过了好一阵子，以色列警卫塔拉终于过来认领我们。栅栏门一开，塔拉马上钻进狙击手待的掩体背后。

我们终于都可以走了。我帮法帖马翻译要一辆推车，行李太重。每次进出加沙遇到的阻碍，都是想让人忘记这个地方，不再回来。但是，我们都做不到。

过埃雷兹检查站，进加沙。红十字会的纳赛尔示意我搭乘一辆正要发动的大巴士，上去一看，全是从以色列探监归来的巴勒斯坦人。

没有座位了，他们要求我坐在一只箱子上，站着的话会被路上的以色列坦克视为具有攻击性而开火。

交谈中得知，车上一名妇女的儿子被关 12 年了，妻子改嫁，没有孩子。囚禁的理由只是他向以色列坦克扔石头。

一个老头 4 个儿子全在监狱里。送去的衣服十之八九被以色列狱警退回，没有理由。妇女指着身后一个皮肤黝黑，一脸腼腆的男孩说：“这个，他父亲被抓走时，母亲刚刚怀孕一个月，父亲被判终身监禁……”男孩忙去拨弄窗户，嘴里嘟囔着：“别讲了，别讲了……”司机忍不住拍打方向盘说：“我们弱，他们强，就可以占我们的土地了吗？”

大巴士开过坦克面前，我看见路边有出租车，站起来请司机停车，全车的巴勒斯坦人都急了：“坐下！坦克在后面！”

/ 穿着可口可乐 T 恤的巴勒斯坦武装人员

篇六

# 轻重

天地不仁。我们于是在细节里，
举重若轻。

在这片土地上，恐怕最能体验什么叫“天地不仁，以万物为刍狗”。“仁”是思考，天地根本不去想。但在那些最惨烈的死亡现场，最危险的交火前线，最慷慨的政治表述中，常能碰撞到一些荒谬、让人发笑的局部，或是平凡琐碎的动作，激活了原本无趣的大是大非。然而轻重亦如旋转门，那些本该欢笑的面孔上，凝结了恨意与茫然，一瞬间也击沉万颗心。

# 哈马斯也会饿的

早上9时被电话叫醒，据说以色列坦克开进加沙，交火中死了6个巴勒斯坦人。

拔腿去现场，房子突然左右晃动，卧室和客厅里的灯有节奏地作响。扶墙墙在晃，抓门门在晃。不到一分钟，停了。加沙自由之声播音员说："感谢真主，只是个小地震，真主保佑我们这些已经遭到以色列人进攻的巴勒斯坦人！"

短暂的地动山摇，没有改变谢贾耶难民区的战斗形势。到处是蒙黑面罩的枪手，有的枪上装了瞄准镜。小巷门口支着反坦克火箭，一个枪手比画着叫我把车挪开，以免挡了火箭出路。一群小孩嘻嘻哈哈看着，嚼着雪糕。其中一个过来扯我的衣角："喂，你的汽车后轮胎被扎了。"

坦克在前方大约两百米。巴勒斯坦人向坦克扔石头或开枪。

/ 几个哈马斯分大饼吃

打几枪，停一停。巷子里几个哈马斯分大饼吃。其中两个交头接耳，不知是商量怎么进攻，还是吃大饼为什么没有霍姆斯酱蘸。

我没有在对峙现场停留太久。经验告诉我，眼前气定神闲的场景，很快会换上第二幕。一年前，类似情形，我到达的时候，几十米开外还有上了年纪的人坐在门口晒太阳。现场仿佛四维空间，晒太阳的人穿越了。然而，很快地动山摇一声巨响，全体趴下，我的相机镜头差点插进沙地。响声过后巴勒斯坦人爬起来狂奔，背后枪声不断，子弹打在沙地上，突突溅起尘土。晒太阳的人慌忙进屋躲避。

第二幕以哈马斯射出火箭的巨响开始，以色列坦克上重型机枪扫射回应。流血开始。只要有观众和资金赞助，这一出不断加演。以色列指责伊朗是哈马斯幕后金主。

谢贾耶难民区一役，死了 10 个巴勒斯坦人。

/ 有人爬起来狂奔，背后枪声不断。也有人晒太阳，现场仿佛四维空间

## 焦黑的作业本

阿马德气喘吁吁打来电话，报告爆炸地点。他的妻子哭着说女儿还没回来，校车线路正经过爆炸地点。

电视直播画面上，巴勒斯坦小孩在被炸汽车里掏出小学生用的作业本，五颜六色，但都被炸成了焦黑。于是我到医院寻找“上学第一天被炸的巴勒斯坦儿童”，结果跑遍医院三层都没有。最后证实，被炸的那个哈马斯兼卖作业本——怪不得本子都是新的！阿马德的女儿平安回家。

/ 被炸死的哈马斯，居然是卖作业本的

/ 武装集会上，巴勒斯坦孩子为何有这样的眼神

/ 一个武装人员把枪交给孩子玩

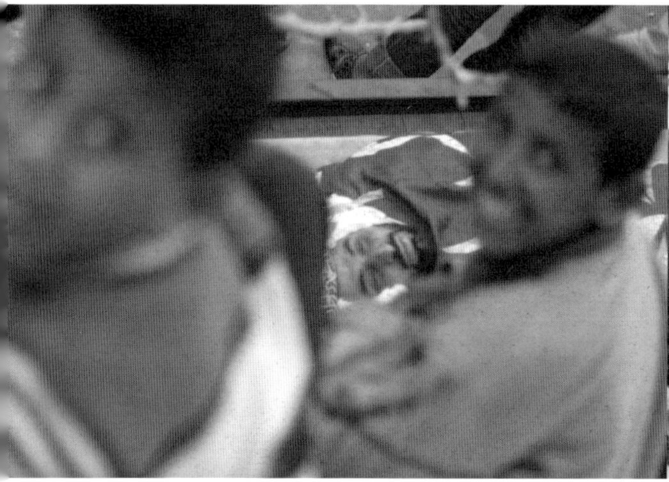

/ 两个孩子在杰哈德官员葬礼上，转头看见镜头竟笑着露出一口白牙

/ 西岸的三个巴勒斯坦孩子

/ 卡桑旅在葬礼上相互安慰

/ 加沙孩子扛着火箭模型

# 以和平的名义

以色列外交部长沙洛姆今天在联合国大会上发言，说以色列是爱好和平的民族。他举例说，以色列人见面说“沙洛姆”（你好），“沙洛姆”这个单词的含义是“和平”；以色列人“再见”也说“沙洛姆”，而他自己的姓就是“沙洛姆”。

坐在台下的巴勒斯坦解放组织驻联合国代表应该在笑吧。因为“你好”“再见”在阿拉伯语中，也是“和平”的意思，连发音都同以色列人讲的希伯来语差不多。

犹太教经典中讲“以眼还眼，以牙还牙”，《古兰经》中也可以找到。这句话用希伯来语或阿拉伯语念出来，也是一个声音。

想起在耶路撒冷看过的一部短片，由无数本不相干的片段剪辑而成。其中有这么一组镜头：以色列前总理梅厄夫人发表讲话·

"'沙洛姆'是'你好'，也是'再见'，而它更确切的含义是'和平'……"接下来的镜头，到处有人说"沙洛姆"：以色列军官往士兵手里塞枪的时候说"沙洛姆"；以色列士兵在检查站拦住巴勒斯坦人的汽车说"沙洛姆"……

这部由以色列人制作的短片充满了对本民族的嘲讽。大概强势方才有力气自嘲。

/ 窄巷中的枪手，见到我竟忙着烧水请喝茶，像任何一个好客的巴勒斯坦人。天黑后他将迎战

/ 拾荒的孩子捡到一个钱包

/ 这个孩子在废墟中捡到一顶帽子，跑来炫耀

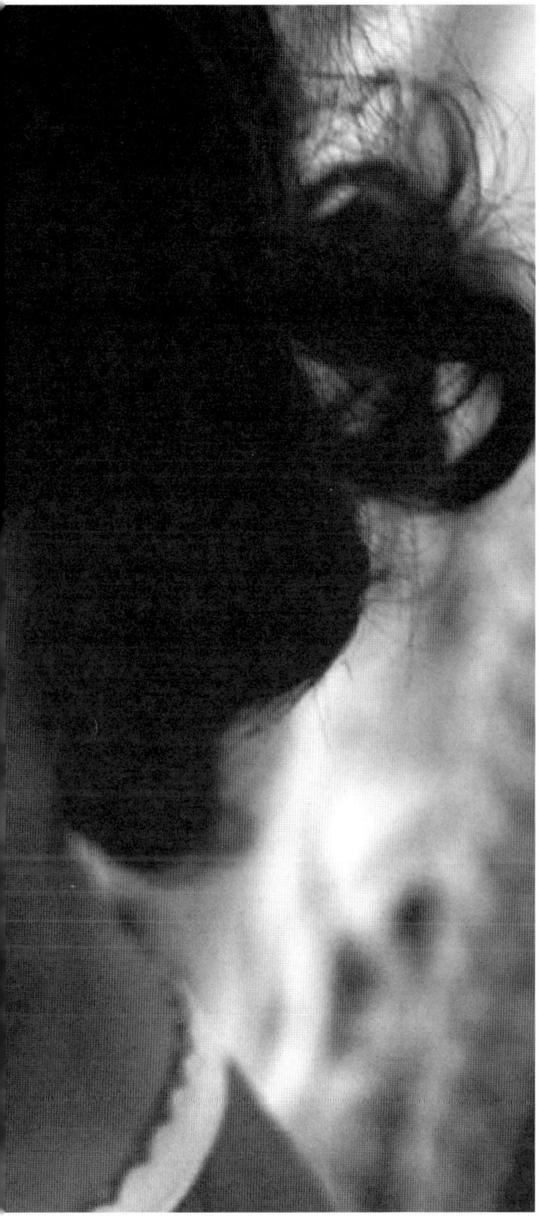

/ 巴勒斯坦儿童医院的一个孩子。
绝大部分加沙儿童患有不同程度的心理疾病

/ 巴勒斯坦孩子的烛光游行

篇七

# 大同

在深深的痛苦中喊出『相爱』。不过，
我们并不幼稚。

# 相爱

刚睡三个小时，记者朋友打来电话，耶路撒冷发生爆炸。迷迷糊糊我只说了“Ok”，然后爬起来看电视。等知道详情，完全醒了——上学去的小学生被炸，便当、课本碎了一地。

电视里，一名以色列妇女对着手机狂喊：“整个汽车！整个汽车！我的孩子上学去了！”地上躺着黑色小塑料袋，装着被炸开的身体部分。

出乎意料，一个上了年纪的女人对着摄像机边哭边说：“每个白天，每个夜晚，每一天……（冲突）从来没有停止……让我们相爱吧……”在深深的痛苦之中居然喊出“相爱”！

还有一个面部受伤的以色列人躺在病床上，平静地说：“我们可以谈判，我看不出暴力能解决什么问题。”

中午去加沙一间车行，正在把斋的经理穆罕默德无精打采地转动念珠，面前摊开一本《古兰经》，出声念着。抬头见我，第一句话竟是："今天的爆炸怎么样？好吧？"

"不好，有小孩死了。"我说。

他反问："我们巴勒斯坦小孩呢？昨天在纳布卢斯被打死的几岁？"

离开车行，天色将暗，海平线上还剩一道亮光。站在这巨大的灰影和最后的亮色前，感觉自己正面对整个宇宙的召唤。往上看，想象驾车穿越天空的太阳神。古埃及人认为，他驾车一个来回就是黑夜白昼的一轮交替。

夜晚可能会发生报复性轰炸。不得不穿戴整齐，随时准备逃命，也随时准备去现场。

## “和平绿洲”

终于来到久闻其名的“和平绿洲”（Neve Shalem）。读过的报道都说，这个坐落在以色列一号公路旁、只有几十户人家的村庄是阿拉伯人与犹太人和平共处的典范。

事先没有同村里的“公共关系处”打招呼，不能享受导游陪同待遇，却也多了随意观赏的自由。“和平绿洲”的居民见过太多记者，不设防。

“爱之光照耀每个找到这个地方的人……”小学入口有一块这样的圆形石碑，前面是一道彩虹桥。门卫说，里面大约有200名学生，阿拉伯人和犹太人各一半。

孩子们在上课，录音机里朗读英语的声音在空荡荡的走廊里回响。走廊里贴着一些画片，我看到了隔离墙、铁丝网背后哭泣的巴勒斯坦妇女、巴勒斯坦难民还有传统巴勒斯坦服饰，另一侧墙上贴着一条横幅，两颗以色列国徽“大卫星”。

拍照还是需要得到允许，我们来到校长办公室。校长法耶兹·门苏尔（Fayes Monsur）是阿拉伯基督徒。据说还有一名犹太校长，我没碰上。同这里大多数阿拉伯居民一样，门苏尔是“48年阿拉伯人”，也就是说1948年第一次中东战争中以色列攻占了他们的居住地，今天他们已经成为拥有以色列国籍的阿拉伯人。他们不称自己为“巴勒斯坦人”，有别于西岸和加沙的巴勒斯坦人。先是站着局促地聊了几句，后来我把英语频道换成了阿拉伯语，门苏尔高兴地把我们请进办公室坐下。

“我在东耶路撒冷以及其他一些以色列城市也看到过犹太人、阿拉伯人共同生活的景象，为什么‘和平绿洲’这么特别呢？”

“在你说的那些地方，我们的确共同生活，但内心并不见得相通；说实话，阿拉伯人在那些地方是‘二等公民’，我们虽然是以色列公民，却不能享受同犹太人相同的权利；你看，以色列是个犹太国家、民主国家，但以色列国旗根本没有反映阿拉伯人的存在；‘和平绿洲’是一个模式，一个理念，希望双方能够在情感上真正相通。”

“请问你们怎么教宗教课和历史课呢？”

“我们分班教。这里的阿拉伯学生大多是穆斯林，专门有给他们上的伊斯兰教课；犹太学生也有他们专门的宗教课；但你不要忘记，这只是个小学，宗教不会讲太深。”

“据我所知，伊斯兰教、犹太教和基督教经书中有些记载是不同的，您如何给学生讲解呢？”

“告诉他们，我们的宗教的确不一样；至于节日，阿犹节日我们都放假，星期六（犹太人安息日）我们经常组织学生在一起聚餐、游乐，让它变成拉近阿拉伯学生、犹太学生距离的一天。”

“那么历史呢，怎么讲解中东战争？”

“我们毫不隐讳地谈论战争，但更向学生们强调人们为战争付出的代价。”

“目前的巴以冲突呢？”

“巴勒斯坦人的土地处于犹太人‘占领’之下，我们是被占领的；小学生无法理解太多东西，但我们也有时政课，我们强调一点——反对暴力。”

“我注意到村里只有小学，孩子们要到其他地方接受中学和大学教育，犹太学生将来还要参军，您认为社会最终会改变他们‘阿犹共处’的理念吗？”

“你说的是事实，但是我相信童年时接受的教育会对一个人产生重大影响；对于这里的犹太学生来说，无论将来如何，他已经对阿拉伯人有所了解。”

一个阿拉伯女孩两次进来报告，校长跟她过去，我们的谈话不得不中止。

信步走进一间教室，孩子们正在上英文课。黑板报上有显然出自儿童之手的以色列国旗、巴勒斯坦国旗，还有一面巴以各占一半的国旗。孩子们看见我的相机蠢蠢欲动，怕影响老师讲课，赶紧退出去。

隔壁教室显然活跃得多。一只麻雀比我更早飞进去，引得孩子们大呼小叫。从长相上看，我判定这里的学生大部分为阿拉伯人，阿拉伯语板书证实了这一点。同样是阿拉伯基督徒的数学老师亚斯敏说，这里只有一个犹太学生——伸手一指黑板上方、独自坐着的达罗姆。

6 岁的达罗姆原先在犹太人班级，由于上课时唱歌，被暂时罚到阿拉伯班。

“阿拉伯和犹太学生经常在一起上课，”亚斯敏说，“但犹太学生的阿拉伯语普遍不太好，阿拉伯学生的希伯来语却很好。”这是因为在以色列使用希伯来语的机会更多。

达罗姆一个人在黑板上写自己的希伯来语作业。“简单的阿拉伯语题目他会做，稍难些的就不行了。”亚斯敏翻着讲义向我解释。她所说的“简单”，就是指光有数字，没有文字说明的题目。

达罗姆一脸郁闷。亚斯敏说，那是在跟他的犹太教师生气。正说着，犹太女老师进来跟亚斯敏说话，达罗姆恨恨地瞥了她一眼。

课间休息。阿拉伯孩子们抓起我的相机就摆弄，立即遭到亚斯敏的驱赶。正如加沙的阿拉伯孩子一样，他们对陌生人有种掏心掏肺、不依不饶的好奇。不一会儿，我的头发、衣服、相机上就爬满了小手，当然，他们比贾巴利亚难民营的孩子文明多了。

给达罗姆照相，却总有阿拉伯孩子挡住镜头，喊着“给我照，给我照！”

亚斯敏用阿拉伯语逗达罗姆说话。达罗姆懂简单的阿语问题，什么“你叫什么”“爸爸是谁妈妈是谁”之类，但他一律用希伯来语回答。

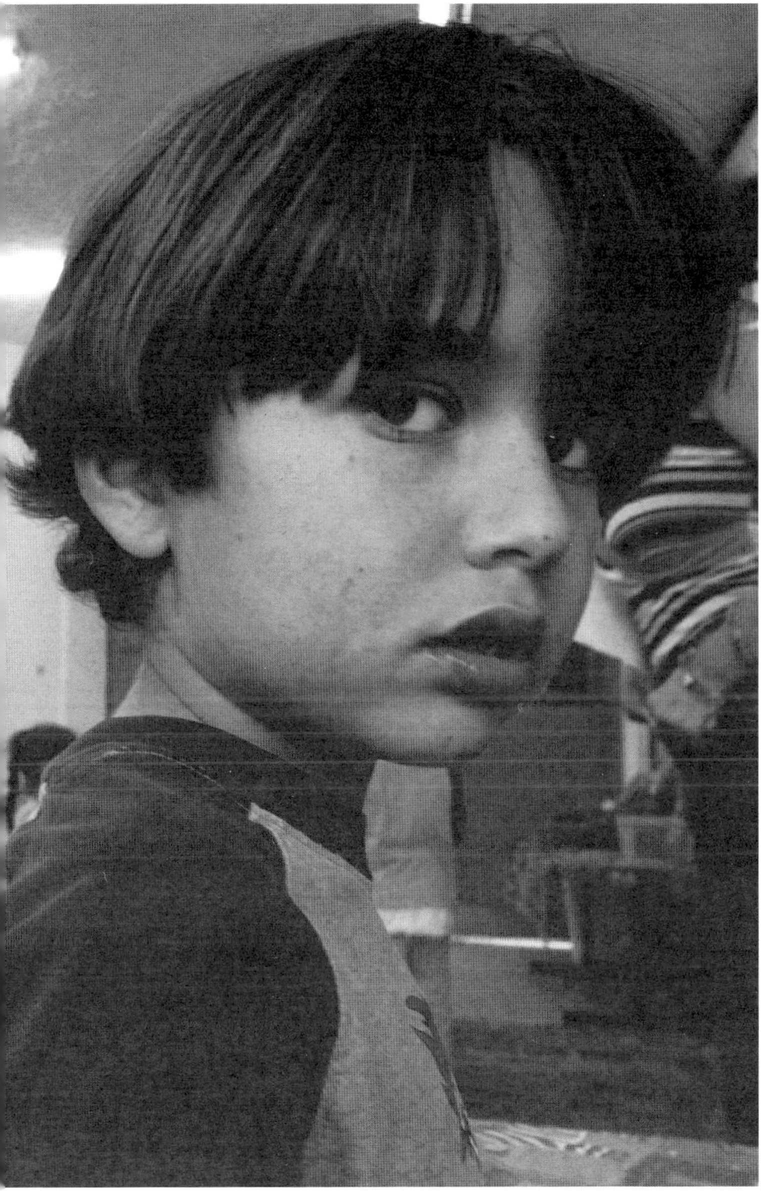

/ 6岁的达罗姆原先在犹太人班级，由于上课时唱歌，被暂时罚到阿拉伯班

达罗姆几乎不理我。被阿拉伯同学包围之后，他抹去吃了一嘴的面包屑和果酱，奔出教室。

男生们趴在教室外的地上拍纸牌。一群女孩在另一个教室里叽叽喳喳。

这些阿拉伯女孩不像加沙或者西岸巴勒斯坦城市的女生，长裤外面罩着宽大的裙子，丝巾包头。“和平绿洲”的绝大部分女生，穿窄窄小小的T恤、牛仔，有些还烫了头发。

女孩们利用课间休息，吃起便当。课桌上有个红色笔袋，上面竟用黑笔画了三颗“大卫星”。“这是什么意思？”心里一惊，我用英语问笔袋主人。她着急得不知用什么语言跟我说，突然做了个大拇指冲下的手势。

“啊——为什么？”我立即换上阿拉伯语。“我恨犹太人！”她如释重负地用阿拉伯语回答。“你们都恨犹太人吗？”一个女孩拨开其他人过来，笑嘻嘻说，“我妈是犹太人，我爸爸是阿拉伯人，我不恨犹太人，她们恨！”

我突然不知说什么好。教育的力量似乎瞬间可以被推翻。

“这个班里有犹太人吗？”“有！”笔袋的主人麦纳尔把我拉到门口，指着玩纸牌的男生们说，“这个，这个，还有那个……都是犹太人。”根据她的指点，我发现基本上是犹太学生跟犹太学生扎堆。“你恨他们吗？”“不，他们是我的朋友，但除他们以外的犹太人，我都恨！”她响亮地说。

/ 红色笔袋上用黑笔画了三颗“大卫星”。笔袋主人突然做了个大拇指冲下的手势：“我恨犹太人！”

# 亚伯拉罕与伊伯拉罕

接到以色列圣经博物馆负责人亚胡达·卡帕兰的电话，邀我第二天参加博物馆举办的“Abraham and Ibrahim”（“亚伯拉罕与伊伯拉罕”，实际上中文翻译都应该是“亚伯拉罕”）活动。

“Abraham”和“Ibrahim”分别是希伯来语、阿拉伯语对“亚伯拉罕”的不同发音。根据《圣经·旧约》和《古兰经》记载，亚伯拉罕是犹太人和阿拉伯人共同的祖先。犹太人是小儿子，亚伯拉罕同发妻生的；阿拉伯人是长子，亚伯拉罕跟婢女生的。

“Abraham and Ibrahim”这个活动的名字一望便知，旨在寻找共同点。今天博物馆特别请来了孩子们的家长，一同谈心。亚胡达说：“如果家长不参与进来，孩子在这里受的点滴教育，一回家就全变了。”

家长们的交流从生涩开始。阿拉伯家庭清一色由母亲出席。由于是星期五，父亲们都到清真寺礼拜去了。阿拉伯母亲几乎全都戴头巾穿长袍，而犹太母亲们却是“夏天在彼岸”的短打扮。

语言是障碍。这些来自东耶路撒冷的阿拉伯母亲有的会几句希伯来语，有的半句不会，犹太母亲几乎都不会阿拉伯语。这就决定了有人交到朋友，有人根本没有开口。我面前两位聊得挺欢，阿拉伯人阿依曼和犹太人阿曼达。阿曼达问阿依曼为什么要穿袍子戴头巾，阿依曼滔滔不绝讲起了宗教。突然有个词不知道怎么才能让阿曼达明白，她唤来主办者之一哈利利帮忙。我听到了“祷告”这个词，不假思索用英语翻译给阿曼达，结果遭到哈利利阻拦：“别帮忙，我们希望她们能够找到‘非语言’的语言交流！”哈利利本人的父亲是阿拉伯穆斯林，母亲是犹太人，妻子是基督徒。

孩子们在玩填字游戏。阿拉伯语和希伯来语词组，也就是说，你必须找异族朋友帮忙。

这个活动在每年秋季开学之前的三个月开始，每周五邀请不同的四年级学生参加，已经办了6年。正巧，家长中有一个叫丹尼拉的犹太妇女，曾经在“和平绿洲”工作两年。我告诉她，两天前我刚去过那里，但是对人心中真正的“和平”并不乐观。丹尼拉看了我一眼说：“是的，所以我辞了职。”

“究竟是什么让你这么失望？”

“与那些阿拉伯同事相处越久，我就越相信我们无法共处。”

/ “亚伯拉罕与伊伯拉罕”活动上，犹太人和阿拉伯人母亲坐在一起

/ 戴头巾的阿拉伯母亲和短发犹太母亲

“可是你没有放弃，你继续参加这样的活动……”

“是的，我认为短期、低层面上的接触应该维持，但最好不要交往太深，否则容易失望……我们并不幼稚，我们知道这种接触对中东和平进程起不到任何作用，真的，阿拉伯人与犹太人之间的个人关系根本无法改变现状，只有政治解决才能奏效。”

“我们并不幼稚”这句话，后来我在亚胡达和哈利利那里不止一遍听到。

阿依曼与阿曼达几乎同龄，都有三个孩子。阿依曼说，将来会与阿曼达保持联系，但相互串门是不可能的。“她害怕来东耶路撒冷，因为那里全是阿拉伯人；我是以色列居民，当然可以去西耶路撒冷，但要是穿着长袍去，以色列警察肯定会拦住我搜查，怀疑我是个人弹。”

在以色列打车判断司机是阿

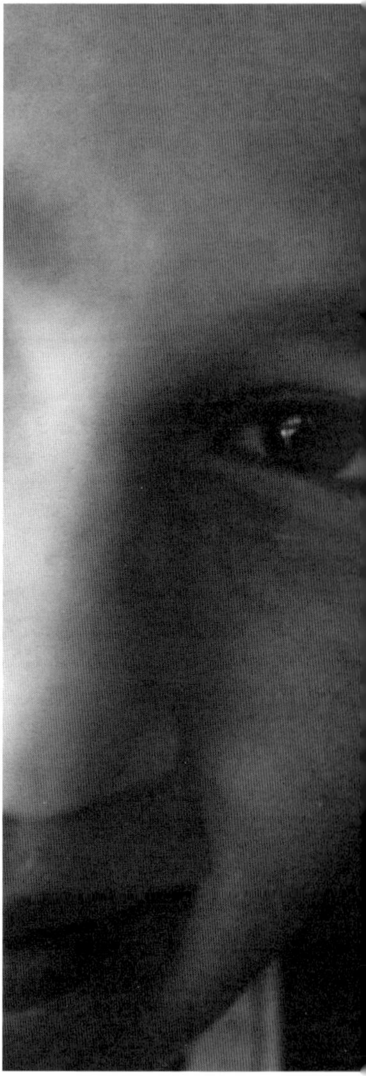

/ 杜阿和梅耶

拉伯人还是犹太人的方法之一，是告诉他去东耶路撒冷。如果他二话不说就去，肯定是阿拉伯人；如果他说，只能开到入口不远的地方，那就是犹太人无疑。

我想找一个阿拉伯孩子和一个犹太孩子照相。一个犹太女孩刚站到阿拉伯男孩身边，她的同学就哄笑起来，女孩立即逃开。

10 岁的杜阿牵着 9 岁的梅耶来到镜头前。犹太姑娘梅耶说她喜欢阿拉伯姑娘杜阿，因为她非常善良，在活动中非常热心地帮助她。杜阿笑着说，她也非常喜欢梅耶，希望还能在这里见到她。“出了博物馆呢？你不找梅耶玩吗？”我问。

“不，”杜阿毫不犹豫地回答，“我是阿拉伯人，她是犹太人。”

“亚伯拉罕与伊伯拉罕”活动快结束时，我听说一个故事，算是光明的尾巴。一名参加活动的犹太母亲说，一次她带着两个孩子在公园晒太阳。周围没有人，突然来了七八个十几岁的阿拉伯男孩。男孩们渐渐向她围过来，气氛立时紧张。忽然，一个阿拉伯男孩开口说：“我认识你，我在博物馆的活动中见过你。”双方顿时感到无比亲切。

# 海法的伤口

海法是以色列北部一座港口城市，阿拉伯人与犹太人和平共处的“样板”。对于大多数旅游者来说，海法的景点在于“巴哈伊教”（又称“大同教”）花园；而我一心想去的，是马克西姆餐厅。2003 年 10 月 4 日，这家餐厅发生自杀爆炸，19 人死亡，死者中包括 4 名以色列籍阿拉伯人。

马克西姆是海法的伤口。

## 大同？

居然赶上巴哈伊教“大同花园”一年中仅有的 12 天节日关门，而且正好是我们抵达前的 5 分钟开始。

隔着栏杆看了一眼，跟画片上一样气派。18 层依山而建的绿草红花，半山腰一座穹顶礼堂（不知该叫“教堂”还是“寺庙”）。19 世纪中伊朗贵族巴布欧拉创立巴哈伊教，意为“荣耀”。巴哈伊教的特别之处在于，主张两性平等，女子不必戴头巾；承认世界其他宗教的先知，亚伯拉罕、摩西、耶稣、穆罕默德、佛陀……据说还包括中国的孔子；晚于世界主流宗教，但独立于任何一门宗教。目前全世界巴哈伊教教徒已经超过 600 万,一说总部在海法，又一说总部在美国。

1935 年，清华大学原校长曹云祥在上海翻译巴哈伊教著作，认为这个教派的主张与我国古代儒家“大同”理想相通，便在译文中将其定名“大同教”。

问能不能进去看看，门卫说，我们是巴哈伊，有法必依，说关门就关门——“你可以到信息中心去，他们有各种纪念品。”

信息中心设在海法市“德国居民区”，曾经有德国新教教徒外迁至此。接待员叫亚法，“美丽”的意思，非常专业，带我、同事还有一个背包的美国人看录像——海法风光片。

海法是一座充满活力的海滨城市。以色列人说，生活在特拉维夫、工作在海法、朝圣在耶路撒冷。

下一段片子是“奇迹花园”，就是巴哈伊教的那个“大同花园”。镜头几乎全是航拍，应该比两只脚走上去，更能感受“气派”。除了花草，镜头值得停留的地方就是栏杆上的石头老鹰。穹顶礼堂里是耶稣像圣母像。

屏幕黑了，亚法微笑着过来。我说，很遗憾，今天巴哈伊花园关门。她说，看录像就够了，不用“气喘吁吁地爬到半山腰”。“你是巴哈伊吗？”“不，犹太人。”

至于为什么巴哈伊选择了海法，或者海法选择了巴哈伊？一般的解释是，港口城市海法历来就是一座包容万象的城市。

亚法推荐我们去瓦迪尼斯那斯，那是“样板中的样板”，海法阿拉伯人和犹太人和睦共处的区域。“他们在一起庆祝斋月（穆斯林节日）、光明节（犹太人节日）……”

## 大同！

转过几个弯，不见了宽阔整齐的马路，窄巷里飘来土耳其咖啡、橄榄和香料混合的味道，就知道到了阿拉伯人住宅区，但满眼路标、招牌还是希伯来文。这里的阿拉伯人，属于1948年战争中没有背井离乡，如今反成了以色列公民的那部分。

63岁的老头马塔尔（Matr）正在扫地，杂货店里没有一个顾客。马塔尔早先住在希伯伦，战争前随家人来海法做生意。“打仗的时候，我才6岁，什么都不记得了……”

至于阿拉伯人与犹太人一起过节的情况，马塔尔说，因为我们住得很近，当然是“一起”，“犹太人在安息日和其他节日期间经常到我们这里来，因为他们那里的商店都关门了……”

以瓦迪尼斯那斯市场为中心的这个区域，居民几乎全部是阿拉伯人。马塔尔在纸上画出一个大圆圈，里面再画一个小圆圈，“大圆圈是海法，小圆圈是阿拉伯人居住区……”所谓“共处”，实际上还是各住各的，井水不犯河水而已。海法27万人口中阿拉伯人占9%，几乎全部集中在瓦迪尼斯那斯。“阿拉伯人与犹太人之间通婚吗？”“通婚？大概千分之一,万分之一吧，一般不会，难免有些突发奇想的人……我就不会把自己的女儿给犹太人，犹太人也不会愿意家里有个阿拉伯人……”“你有犹太人朋友吗？”“有啊，‘你好，谢谢’的那种……”

说话间，一名犹太妇女走进店铺买橄榄。“你好。”马塔尔微笑着为对方挑选，“谢谢。”接过橄榄，那妇女说。

虽然持有以色列身份，马塔尔说，毕竟是二等公民，心理上不舒服。孩子们都上大学，“但是你知道，教授是犹太人，学生大多数是犹太人，难免会有阿拉伯学生与犹太学生争论‘沙龙不好’之类的问题，然后就动手……”瓦迪尼斯那斯的阿拉伯青年有时也与犹太警察发生冲突，但不是因为巴以问题，而是每个社会都有“叛逆青年”。

以色列政府规定阿拉伯青年不能参军。马塔尔表示尽管心理上不能接受儿子为犹太人打仗，但如果真的有机会参军，“全家可以享受更多社会福利。”

聊了半个多小时，店里只来了一笔生意。“冲突这三年，生意很糟糕……如果你一早来，能看到更多生意。”马塔尔说。

带着几分失望和“咕咕”叫的肚子，踏进一家热气腾腾的大饼店。正对门，一幅图画叫我心头一跳：从左往右，一排三个妇女，基督徒、穆斯林和犹太人，一律手持大饼。伙计说，这就是

“大同”。“你是哪一个？”我问。“三个都是。”身为阿拉伯人的他说，看到我们两个中国人，还做了个双手合十的动作。

该怎样解释这幅图呢？我想，无论出于何种教派，我们都要吃大饼！人，都会饿的呀。

迈出大饼店，隔壁店铺的橱窗上，居然贴了张“镰刀斧头”海报，已经斑驳，依稀可以辨认出阿拉伯语和希伯来语写的“以色列共产党大会”“公平社会——社会主义”。

海法，大同的海法。

## 大同……

阳光变温柔。马克西姆宽阔的玻璃窗倒映出金色的房屋，蓝天白云。对着马克西姆拍照，正同一个胖子聊天的保安立时紧张，叫我们过去问话。

餐厅很漂亮，据说是当地颇受欢迎的一家，阿拉伯人、犹太人都来这里用餐。宽幅电视机重播昨晚的欧锦赛。一面朝湛蓝的海水，一面临车水马龙的高速路。据说女人体炸弹哈娜迪当时的目标并不是马克西姆，但这家餐厅紧邻公路，容易到达，所以提前引爆。

餐厅里，可以听到阿拉伯语、希伯来语和英语。

动作麻利的侍者扎耶德，说自己既不是犹太人也不是阿拉伯人，一半一半，阿拉伯基督徒。

犹豫了一下，要不要问爆炸的事情，怕触到对方痛处。终于，扎耶德过来搭讪，就聊到了去年 10 月 4 日下午两点。

爆炸时，扎耶德正赶来上两点钟的班。在餐厅门前停车，亲眼看到那一瞬间。“我真的很幸运，很幸运，”扎耶德不断重复这句话，“4 个服务生死了 3 个，”当然，其中有扎耶德的同事、朋友，“那些人我全认识。”

那个幸存的服务生，事后告诉扎耶德，他看到了人弹爆炸的全过程。“她进来时，大肚子，所有人都以为她是孕妇，很尊重她，”扎耶德指着我们斜对面，角落里一张桌子，“就是那里，她坐在那里，还有个男子陪着。”他指的那张桌边，现在也正坐着一男一女。

“她吃完了才引爆。”扎耶德的这句话，验证了哈娜迪的最初目标也许不是马克西姆。“记得她吃了什么吗？”“不知道，他们吃完后，走向收款台，然后爆炸了……”“那她一定没付钱……”“付了！她付钱了！”我简直不敢相信自己的耳朵。“她等同来的那个男子走出餐厅，就引爆了。”

扎耶德的举止非常节制，手不当心碰到我和同事的时候，触电一样离开，嘴里说着“对不起”。但是，当我提到一个单词时，他重重推了一下我的手——“烈士……”“烈士？得了吧，炸死婴儿的人是烈士？能进天堂？”

那天我们点了猪排和一种阿拉伯酱制作的肉饼。扎耶德送来阿拉伯甜食，甜死人的那种。入夜，餐厅里客人多起来。扎耶德说，爆炸后三个月，马克西姆重新开张，现在的装潢比过去更好，生意也渐渐多起来，熟客们又回来了。

只是扎耶德说，在爆炸中受伤的同事、朋友们都不肯接受采访。去过哈娜迪家之后，我就开始联系采访受害者，全部遭到拒绝。

记得哈娜迪的父亲说，马克西姆是一家军人餐厅，哈娜迪炸死的都是以色列军人，不值得同情。我没有在这里见到一个军人。哈娜迪的父母永远不会有机会看看马克西姆。他们是西岸巴勒斯坦人，他们的女儿是人体炸弹。

哈娜迪走进来的时候，为了避免嫌疑，没有戴头巾。那也许是她唯一一次在公共场合不戴头巾，或许还是第一次进入以色列餐厅。

出门，保安坐在角落里玩诺基亚船型手机上的电子游戏。他不认识原先的那个保安，属于另一个公司。“他为什么没能阻止人体炸弹呢？”“因为那时候保安不查女的……”原先那个保安被炸死了。说话间，走来一个大腹便便的男子，新保安把黑色金属探测器伸过去。

“我不认为自己的工作危险，炸完了，就过去了。”他说。自那以后，每逢安息日，马克西姆门前配备两名保安。

爆炸那天是犹太人的安息日。以色列餐厅大都关张，只有阿拉伯人的餐厅开着；而且这是海法，犹太人经常去阿拉伯人的餐厅。因为，大家都会饿的。

# 我的女儿是人体炸弹

行路难。穿越约旦河西岸的巴勒斯坦城市，道路漫长。以色列在西岸 8 座巴勒斯坦城市间设立了 100 多个检查站，任何两座巴勒斯坦城市之间，没有通途。我要去的目的地是杰宁，由于多名“人体炸弹”来自杰宁，这座位于西岸北部的城市被称为“自杀爆炸者大本营”。

田野无尽，羊在山坡上吃草，贝都因人的帐篷散落在山谷。星星点点的，还有犹太人定居点。“你看，几辆房车就可以搭成一个小定居点——”小巴司机穆罕默德指着窗外说。连以色列媒体都称那些房车搭成的“定居点”为“非法建筑”，房车的主人大多为极端正统犹太教徒。他们认为，上帝将约旦河西岸赐予犹太人，所以他们必须以实际行动宣布对“犹地亚和撒玛利亚”的占有。

又是一个多小时，车子停下来。“杰宁吗？”我问。“不，厚姆拉。”

所有乘客下车。大兵翻了翻同车巴勒斯坦人的绿塑料皮身份证，双方用希伯来语对话，确认他们不是遭到以色列“通缉”的巴勒斯坦人之后，大兵挥手放行——不是从士兵把守的大路，而是从左侧田地深一脚浅一脚越过检查站。

穆罕默德不能开车过去了，说他的哥哥在那头等我们。前面还有一溜汽车排队，凑满乘客才走。污水流过地上，垃圾堆和彩色的汽车倒映水中。一个红衣裳的小女孩打开车门张望。卖咖啡的男孩提着锡壶过来。“10 分钟，10 分钟就能走了！”哥哥不断说，半小时又过去。

终于，来了一个人。这个乘客一直在检查站等待放行。现在，小巴可以走了。

又是一小时，车站住了。“杰宁吗？”“图巴司。”还没下车，就听见外面有人惊呼：“外国人！”哥哥捏出 12 谢克尔给另一个出租车司机：“带他们去杰宁！”

杰宁，杰宁，路漫漫。经过一个垃圾场，灰烟冲天，居然有白鹭一群群跟着推土机觅食。多么怪异的场景：形象高贵的白鹭铺天盖地，栖息在垃圾堆和翻起的泥沼地上。

其他乘客都下了车。问司机，“认识女烈士哈娜迪·贾拉达特家吗？”“知道，知道，再加 15 谢克尔……”

穿过十几米长的两溜店铺，墙上满是烈士像，哈娜迪正朝我们微笑，同一张像上还有她的弟弟和未婚夫。巴勒斯坦媒体报道，哈娜迪正是因为亲眼看见他俩遭以军士兵杀害而走上人弹道路。

左手第一个绿铁皮门就是。门上贴满了哈娜迪的烈士像。光线有些刺眼，画像反射出白光。一个老人出来应门说，她父母没在，去市场为“宰牲节”采购东西去了。不过他还是客气地请我们上楼。

二层。一个白白净净的女孩开门，背后还是那张烈士像。女孩很像哈娜迪，原来正是她妹妹，塔合莉莉（意为“解放”）。还有两个年纪更小的女孩，见到与我同来的男摄影师，赶快进屋蒙上头巾。

客厅，一束塑料鲜花前是哈娜迪与弟弟法迪的亲密合影。隔一只沙发，是镶在镜框里的剪报：以色列驻瑞典大使一脚踢飞哈娜迪像。那是以色列大使参观瑞典一场艺术展览，发现哈娜迪照片变成艺术品的一部分，愤而砸场。巴勒斯坦人看来，却是哈娜迪令以色列外交官失态。墙上还有另外三帧照片。根据老人的讲解，依次是萨利赫·贾拉达特，人体炸弹，2002 年 6 月在海法一辆公共汽车上“执行任务”，炸死 20 多人；另一名姓贾拉达特的自杀爆炸者；第三帧是遭以色列士兵射杀的一个亲戚。

我掏出笔记本，想问塔合莉莉几个问题。老人“警惕”地说，等她父母回来再问吧。我收起本子，对莉莉说，随便聊聊。

“哈娜迪执行任务前，你知道吗？”“不，一个人实施自杀爆炸前，怎么可能告诉别人呢？”“你第一时间从哪里得知这个消息的？”“从电视，那天听说海法发生爆炸，我们赶紧打开麦纳尔频道（黎巴嫩真主党电视台），看到哈娜迪的名字……”“什么反应？”“震惊。”“然后呢？”“高兴！”“难道不伤心？”她停顿了一下:“我哭也是为了姐姐，不是为了被炸死的犹太人……”“姐姐是个什么样的人?”“个性非常强，看不惯谁当面就说……”

塔合莉莉的未婚夫 20 多天前也被以色列士兵抓走，至今没有下落。

父亲塔耶西尔 · 阿卜杜 · 马里克 · 贾拉达特和母亲拉赫玛 · 萨迪格 · 贾拉达特终于回来。两人都是 52 岁，一身节日打扮。父亲西装革履，母亲白头巾绿长袍。

他们也是从电视里得知女儿成为“人弹”的消息。先是“惊呆了”，然后母亲说:“感谢真主!”父亲说:“感谢真主让她成功!”“执行爆炸是一回事，成功是另一回事。”父亲向我解释说。

“根据伊斯兰教教义，女子是不是不该去执行自杀爆炸?”“可是我们有什么办法呢?以色列人有飞机、坦克，我们只有自己的身体……我女儿若不是亲眼看到弟弟和未婚夫被杀，生活失去希望，怎么可能走上这条路?”母亲说。哈娜迪的第一个未婚夫 7 年前同样死于以色列士兵枪下。

贾拉达特家原先住在今天的以色列城市阿富拉。哈娜迪的爷爷，从老家带出一包土，以此教育后辈:“收复失地”。“我们在约旦有亲戚，他们愿意出钱让我们去约旦，但我们不去，因为巴勒斯坦才是我们的根。”父亲说。

法迪和未婚夫被打死的时候，父母正在约旦。身为家中长女，哈娜迪自责不已。她成天念叨着要替弟弟负责。后来她每天把斋，念经。“她念经的时候，我们怎么能去打扰她呢?”母亲这样解释自己对哈娜迪将成为“人弹”的想法一无所知。

爆炸当天，她离开家，告诉父母自己去难民营，不用担心。她是实习律师，经常去那里，没有引起任何猜疑。午饭时，她没有回家。

“她喜欢买衣服，市面上出了最新式样，一定第一个穿。她总是买最贵的衣服。”父亲说着，脸上还露出一丝笑容。母亲指着沙发上的绣花靠垫说：“这是她挑的，沙发也是她挑的……她喜欢绘画……塔合莉莉，去把姐姐的画拿来。”

一幅镶镜框的铅笔素描摆到面前。两个小女孩，正对观众的那个圆脸卷发，大眼睛里全是茫然，惹人怜爱；一幅临摹法国画家德拉克罗瓦的《自由女神引导人民》；一幅全是面孔和眼睛的抽象画，还有锁链下的巴勒斯坦地图。

这是她的作业本。“我的国籍是所有人的心，为何我们还需护照——无名国家。”美术字体写成的诗，非常漂亮。还有一整页写着硕大的一个“萨拉”，字母空隙间画了张尖叫的脸。母亲说，“萨拉”是被以军打死的一个巴勒斯坦儿童，哈娜迪喜欢这个名字。与加沙首个“女人弹”利马一样，哈娜迪具有艺术天赋。“是的，”母亲说，“‘女人弹’们大多受过高等教育，她们是有头脑的。”

自杀爆炸发生后12小时，以色列军队进入杰宁摧毁贾拉达特家的房子。“当时我们正在睡觉……虽然是预料中的事，从爆炸发生到以军真的来到，我们没心思转移家当，大家沉浸在突如其来的悲伤和激动中……”母亲说。当时有外国志愿者坐在房子里，试图充当人盾阻止以军，但房子还是倒了。

母亲说:“所有的杰宁人都愿意我们去他家住，因为我们的女儿是英雄。”现在他们住的房子是巴勒斯坦政府出钱租来的。家里经济条件并不宽裕，所以哈娜迪才到约旦念法律硕士，那里便宜。

塔合莉莉拿来许多照片，摆了一地。还有法迪和他未婚妻的亲密合影。虽然都是粗糙的影楼产品，但笑容一样活生生。带我们来的老头开始抹眼泪，母亲只是低着头，没有眼泪。

“她的个性非常强，好辩论，男人们都辩不过她。”老人一连说了好几个“她比男人都强”。

哈娜迪的尸体碎片还在以色列一方。“他们不给我们，我们也不要了，”族人老头插话，“他们可能会在两年后交还尸体，那时候你就觉得好像已经过去的伤悲突然全回来了……他们故意的。”

塔合莉莉把我叫到一边，拿出法迪和哈娜迪未婚夫葬礼的照片。尸身惨不忍睹，盖着杰哈德黑旗。“当时我们正坐在家门口喝茶聊天，就像你现在和我们坐在一起……突然冲过来几个枪手，一阵扫射……他们把法迪两人的尸体拖进吉普车，在另一个地方，为了确认他们死亡，在眉心、喉咙、心脏各开了一枪……”事后，父母被叫到杰宁一家医院认领尸体。“如果是扫射的时候中枪，伤口不可能这么整齐。”塔合莉莉说。

“你还有三个女儿，如果她们也要求当人弹，你会同意吗？”父亲毫不犹豫地回答:“愿意！烈士不会死，只是进天堂。”“天堂里有什么呢？”“想什么有什么……”塔合莉莉却不愿步姐姐的后尘，也不愿自己将来的孩子走这条路，“我们家已经出了两个人体炸弹，够了。”

起身告辞，母亲叫莉莉拿来一大盒巧克力。她说，因为家里出了烈士，所以要给大家发糖庆贺。父亲剥开一只，伸到我面前，“这是烈士的糖，一定要吃。”

不知谁问我的年纪。我说28岁，他们说，啊，跟哈娜迪一样。

告辞离开。依山而建的民房层层叠叠。一部分正在重修，锤子钉子，叮叮咚咚。“都是被以色列人打坏的。”建筑工说。几个月前，这里经历过以色列大规模军事行动扫荡。

四个男人坐在房顶上，招呼我们过去喝茶。背后是洗完晒太阳的军装。自我介绍，一个杰哈德，一个阿克萨和还有两个属于巴勒斯坦政府。

杰哈德说，自己是“通缉犯”，明天可以弄到行头，请我们记得给他拍捆着炸药、系头带拿枪的照片。他说自己曾经到阿富拉“执行任务”，两个人去的，同伴被抓，他逃回来了。

“阿克萨和杰哈德，两个组织有什么区别？”“没区别，不过杰哈德在外搞爆炸，阿克萨在内抵抗入侵……但是我们不跟哈马斯在一起。”“枪哪里来？”“我们有M 16冲锋枪，3万美元一支从黑市上买的。”“钱从哪里来？”阿克萨说：“国外。”

跟62岁的老太太撒姆拉聊起那次军事行动。“当时你做什么？”“发抖……我和老伴就躲在家里不敢出去。”“这样待了多久？”“一星期……真主保佑我们，”幸亏屋子里剩下些食物，“那些抵抗战士们也饿着呢，轰炸间隙，我们从窗子里抛给他们大饼、西红柿什么的……还是死了许多人……”

离开杰宁的路上。因为要过检查站，出租车司机要了我的护照。司机发现我与他同年出生，不过他已经有两个老婆8个孩子，第二个老婆怀孕6个月了，是双胞胎。

他的车中间没有座位，因为平时要拉货去杰里科。“什么货物？”“鸡蛋。”“杰里科没有鸡蛋吗？”“是，那里太热，养不活鸡；拉姆安拉太冷，也养不活鸡；只有我们杰宁，不冷不热，才产鸡蛋……”

黑漆漆的路上，他教我辨认，橙色灯光的地方就是犹太人住的，白色、青色的灯光，便是巴勒斯坦人住地，夜里很容易辨认。他说，以色列不许巴勒斯坦人用橙色灯泡，以示区别。

检查站。一个不断旋转的橙色灯前停下，等候检查。司机关照千万别站起来。左等右等，才来了两个以色列士兵，一句话：“下车！”一个检查护照，另一个黑洞洞的枪口对着我们，手指扣住扳机。

/ 加沙，一个妇女走过孩子们身后

篇八

# 众生

天下万务都有定时……争战有时，和好有时。

——《圣经·传道书》

战争中总有无辜的人，否则，我们还要人道主义干什么？

——沃尔·索因卡（尼日利亚诺贝尔文学奖得主）

我从未看到过好的前线照片，所有好的前线照片，都是在离前线稍后一点的地方，在那里才有激动人心的事情发生。

——史蒂尔·帕金森（马格南摄影师）

人生就像在黑暗的隧道里行走，不知什么时候，尽头的亮光倾泻下来。

# 以色列大兵施罗莫和莫蒂

## 施罗莫

以色列是个全民皆兵的国家。以色列公民年满 18 岁服义务兵役，男兵 3 年，女兵 21 个月。

“周，我明天就走了！”在埃雷兹检查大厅遇到我，施罗莫一脸兴奋。在这里服役半年，明天他将转到以色列南部旅游城市埃拉特继续军旅生涯。施罗莫正向检查站其他士兵告别——看上去，高兴的只有他一个。

陪我走出大厅，施罗莫说：“总算要走了，这里太恐怖！”对于服义务兵役的以色列青年来说，分到埃雷兹可谓背运。埃雷兹和犹太人定居点是加沙地带巴勒斯坦激进组织最直接的攻击目标，枪击、自杀爆炸、卡桑火箭……都是家常便饭。

“上星期，我的好朋友在这里被巴勒斯坦人打死。”施罗莫指着狭长幽暗的“工人通道”说。“为什么要杀我的朋友？他们根本不认识，”施罗莫难以理解巴勒斯坦人对每一个以色列士兵“个体”的仇恨，“我不恨那些想好好过日子、养家糊口的巴勒斯坦人，我恨那些‘恐怖分子’。”这倒让我想起经常听巴勒斯坦人讲的一句话：“我们不是恐怖分子，可我们每个人心中都有怒火”。

根据施罗莫的说法，士兵一般在同一地点服完兵役，但如果想调换岗位，可以打报告，国防部“酌情考虑”。

说起埃拉特，施罗莫露出笑容。这座城市离巴勒斯坦区域较远，几乎没有遭受过恐怖袭击。以色列有个地下赌场，专赌下次自杀爆炸在哪里发生。耶路撒冷“一赔二”，埃拉特“一赔二十”，可见后者安全系数较高。

道别时，施罗莫塞给我一瓶可口可乐，分享他远离是非之地的快乐。我从摄影包上解下中国结回赠，说这也许比防弹背心管用，但最管用的还是“和平”。

## 莫蒂

初冬夜晚，提着4只大包，我摇摇晃晃走向埃雷兹最后一间值勤室。递上出关条，里面一个士兵正抱着膝盖上的收音机前后摇摆。起身收条，他没有照例放行，而是要求我出示护照。“叫什么名字？为什么去加沙？待多久？”这个士兵20岁左右，下巴刚冒出胡楂，脸上青春痘正旺。耐着性子回答十几个问题之后，我提包的手都抬不起来了。“要不要放下行李歇歇？我想和你聊一会儿……”原来如此。

他叫莫蒂，20 岁，孤独，抽烟，听音乐。最后一项违反值勤规定。莫蒂把收音机塞进地上的黑书包：“长官看不见就行。”风吹过，很冷，他要值班到午夜 12 时。

值勤室是一间薄薄的铁皮房，面积不足两平方米，门总是开着，日光灯坏了。借着路灯，我看见地上躺着一台车载电瓶似的跳频步话机和一只手掌大小的对讲机。莫蒂用步话机和整个检查站联系，通过对讲机与几米开外的碉堡对话。

莫蒂讨厌埃雷兹，因为“没有自由，没有音乐”。他随口唱了几句“泰坦尼克”。他不喜欢这里的女兵，因为她们穿军装、拿枪，“像男人一样”。作为男兵，莫蒂必须在相对危险的外围岗哨值勤，女兵们则在岗哨环抱、明亮温暖的检查大厅里查查证件、盖盖图章。有规定男女士兵不许谈恋爱，但是他挤挤眼睛说：“长官看不见就行。”

值勤室里只有一把塑料椅子，他很“绅士”地让给我坐。一辆军车在不远处停下。“晚饭！”莫蒂连蹦带跳地过去拿。锡纸盒打开后是热通心粉、一份蔬菜，还有一袋面包、两包巧克力奶。对讲机响，碉堡的人向莫蒂借勺子。“你替我站一会儿岗，有人过去，就把出关条扔到这个箱子里。”桌上有个木箱，半开着，里面丢了十来张条子。

还真有联合国车辆开过，司机把出关条递进来，看到我，吃了一惊。

两分钟的工夫，莫蒂回来，手里多了支烟。他的英语不是很好，父母是摩洛哥来的犹太人，所以会几句阿拉伯语；阿拉伯语中的一些单词和犹太人使用的希伯来语相近，我也学了几句，所以我们就 3 种语言（英语、阿拉伯语、希伯来语）混着说，外加手势比画。

“你向巴勒斯坦儿童开过枪吗？”我问。他断然否认：“那会令我发疯的。”他说，那些执行抓捕任务的以色列士兵精神压力很大，有些人甚至表现异常，命令被捕的巴勒斯坦人站成排，原地转圈，呼喊反对以色列总理沙龙的口号。

莫蒂不相信巴以之间会有和平，因为“巴勒斯坦人教育下一代仇恨犹太人”。“那你会怎样教你的孩子呢？”我问。

“我的父母没教我恨巴勒斯坦人，我也不会教自己的孩子恨他们……但是会告诉他们：‘当心巴勒斯坦人，离他们远点。’”

十几分钟后，我起身告辞。莫蒂急了，在我身后喊：“别走，别走，好容易有人跟我说话……”

## 安德烈

差不多是 2002 年下半年，埃雷兹里多了一群穿蓝色工作服、防弹背心不离身的安全检查人员。他们不像服义务兵役的士兵那样身背 M16，只在腰间别一把手枪。他们的工作主要是翻检过往外国人的行李，他们大多是埃雷兹附近以色列城市阿什克隆的俄罗斯犹太人移民。

进出多了，彼此脸熟，每每聊上一两句。小个子，敦实模样的安德烈和我最熟。作为俄罗斯人，安德烈非常关心中国的社会主义建设、中国的儒家文化甚至太极拳。就这样，共同关心的话题越来越多。每次我过关，只要安德烈值班，他都跟办手续的士兵打个招呼，尽快放行。2004 年 1 月 14 日，一名巴勒斯坦妇女在埃雷兹实施自杀爆炸，造成数名以色列士兵和安检人员伤亡。当时我身在北京，听到这个消息，马上想到安德烈怎么样。一星期后，返回加沙，见到安德烈，油然而生一份亲切。他却阴沉着脸说，爆炸那天，他的朋友，一个像他这样的“平民”被炸死了。“平民？”他的意思是安检人员不扛枪，有别于士兵。但我知道，在巴勒斯坦人看来，别无二致。

聊天归聊天，安德烈从来没有放松对我的检查。尽管他已经非常清楚我的笔记本电脑什么品牌，开关在哪里，背景照片是什么，甚至化妆包里有多少小零碎儿，通常带什么颜色的外套……安德烈每次还是戴上一次性手套，逐一翻检，嘴里重复着“请谅解，请谅解……”

两个月后，埃雷兹发生汽车连环爆炸袭击，此后安全控制陡然加强。记者不再享受“贵宾通道”，改走巴勒斯坦工人通道，而且至少等候两小时才能从通道进入检查大厅。终于被姗姗而来的以色列士兵带入检查大厅，接受安德烈检查时，我向他抱怨：“见到你真难啊，我等了两个小时！”他的脸更加阴沉：“非常抱歉，现在形势变了，但是你不知道我们面对多少压力，每天我离开家时，妻子都对我说：‘希望晚上见到你回来’……”

几天以后，安德烈脖子上多了杆乌兹冲锋枪。

## 老城银匠

耶路撒冷老城基督区遇到银匠萨米尔。他说："进我的店铺来看吧，不买不要紧，我不会硬卖给你们。"他真的没有。

萨米尔银灰色的头发张牙舞爪，目光却慈爱善良。昏暗的灯映出金银饰品的光泽，那都是萨米尔一锤一锤打出来的。

萨米尔的侄子 20 多了，吊儿郎当。一天问妈妈借了些钱，说"明天我就领第一个月工资，还你。"第二天，他经过一个餐厅，一颗巴勒斯坦人体炸弹引爆餐厅，侄子死了。

"那些人，都说自己相信主，经书都教他们'和平'，实际上，他们只学会了恨。"萨米尔说。

/ 老城基督区的银匠萨米尔

# 空袭过后

## （一）

早晨9点，11岁的巴勒斯坦男孩塔里克·苏希穿着校服——浅蓝色长袖衬衣和深蓝色长裤，背上书包朝位于加沙市中心的学校走去。

2004年2月7日早晨9点。50岁的巴勒斯坦工人穆罕默德·阿里·苏莱曼·瓦迪刚刚领了上个月在以色列打工的工资，共计1000多谢克尔，步行回家。

2004年2月7日早晨9点。我刚刚倒上一杯咖啡，轰鸣声自头顶来。调小电视机音量，侧耳再听，果然是F-16战斗机。明天才是星期天，以色列空军飞行训练的日子。

喝下一口咖啡，阿马德打来电话："团结大街，一辆汽车被炸。”

9点刚过的几秒钟内，一枚导弹落在加沙街头。

确认消息并发出快讯之后，我开车去现场。汽车收音机里说，有个“小孩”在轰炸中受伤，我立即决定调转车头，先去医院。

熄灭吉普车时，收音机里说“小孩伤势严重，正在抢救中……”闯红灯，闯急救室。一个有些面熟的巴勒斯坦记者居然拦着我问有没有闪光灯，相机该调什么模式，急死人。

15岁的穆罕默德·阿卜杜拉坐在病床边，肚子和胸口插着管子。他两眼朝天，医生在做记录。是那“小孩”吗？“不，”医生一指，“那里，那里还有一个……”

拔腿闯进急救室。

右边床上，一个男子脱得只剩蓝色内裤，不住呻吟，大腿间血迹斑斑。

左边是那“小孩”。闭着眼，很安静。大夫用白纱布条捆扎小孩的手腕。我狂按快门。突然，医生愤怒地过来推搡我和一个巴勒斯坦记者。另一个医生拿过一个红玫瑰图案、塑料封皮的本子放在小孩胸口。后面两个医生扯开白床单，盖上。

死了！死了！相机取景器背后的我方才反应过来。眼前这个小孩刚刚死了！

医生把怒气发泄在我和那个记者身上，用力将我们推出门去。在门边，我一回头，看见手术台下一大团殷红的纱布。

经过阿卜杜拉身边时，我又给他拍了几张。突然觉得自己很残忍，好像在撕扯人家的伤口，于是赶紧走掉。

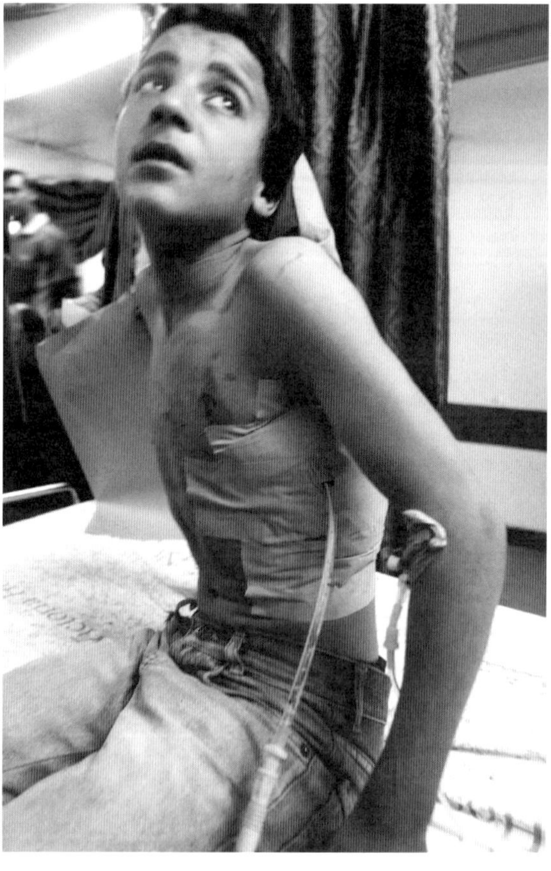

/ 15 岁的穆罕默德·阿卜杜拉坐在病床边，
肚子和胸口插着管子

一个警察模样的人把我拉过去，递上一张纸，说死去的那个小孩叫塔里克·苏希，14 岁（后来证实是 11 岁）。今天以色列空袭的目标是一名杰哈德官员。

回办公室传送照片。半岛电视台正回顾在加沙遇难的几个外国人：被以色列推土机碾过去的和平示威者理查尔、英国记者汤姆……片头一行字："When killing is easy……"（当杀戮变得容易）

几个小时后，"小孩"苏希的葬礼就要举行。我直接到他家。一个正在布置灵堂的孩子说自己是苏希的亲戚，引我去找女眷。死者男性家属在外面张罗，女眷们在里屋坐成一圈。一个女人扬了扬手绢，指向角落里一个看起来刚刚 30 岁的妇女说，那是苏希的妈妈。妈妈一身黑衣，脸色惨白。我问可不可以看看苏希生前的房间，她们说家里就一间屋子。门框上钉着一只小布熊，那是苏希的玩具。我问带我进来的孩子作何感受，他说："不知道。"

标志葬礼开始的枪声响起。一个刚会走路的小孩摇摇摆摆进入女眷们的房间，听见枪声，吓得一抖。从阳台栏杆望出去，盛着苏希的担架正往楼里进。

门口一阵喧哗，女人们开始放声哭。妈妈昏厥过去，有人在旁边扇扇子，一个男眷愤怒地把贴过去照相的记者们轰出去。

苏希的尸体和妈妈只待了几分钟。

所有的记者都离开了。爆炸现场、医院、葬礼的照片，全有了，还等什么呢，收工。北京编辑部也来过几次电话，催我回办公室发杰哈德官员遇袭的消息。可是，我心里偏偏放不下这个死在眼前的孩子，跟去了为他做最后祷告的清真寺。

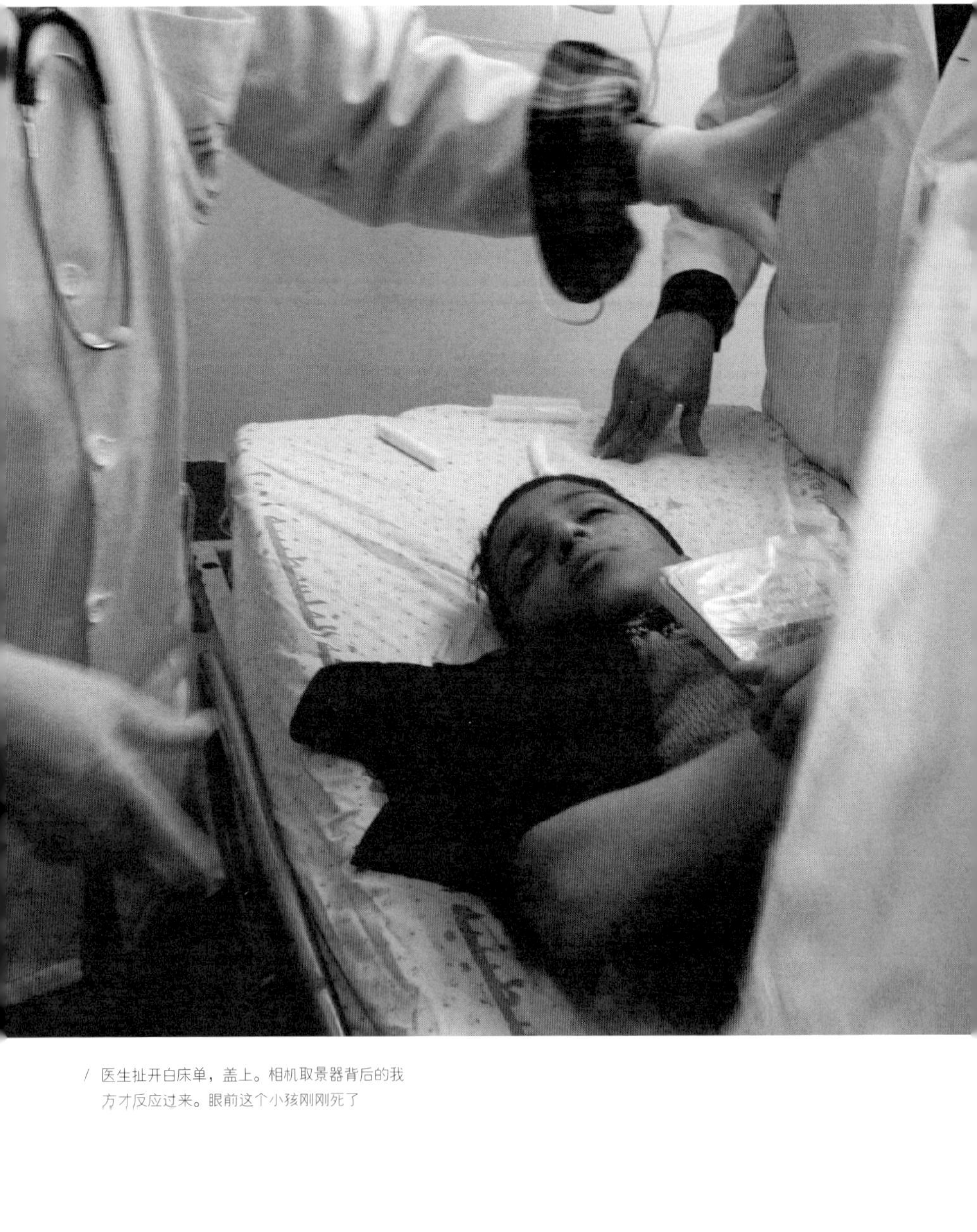

/ 医生扯开白床单，盖上。相机取景器背后的我方才反应过来。眼前这个小孩刚刚死了

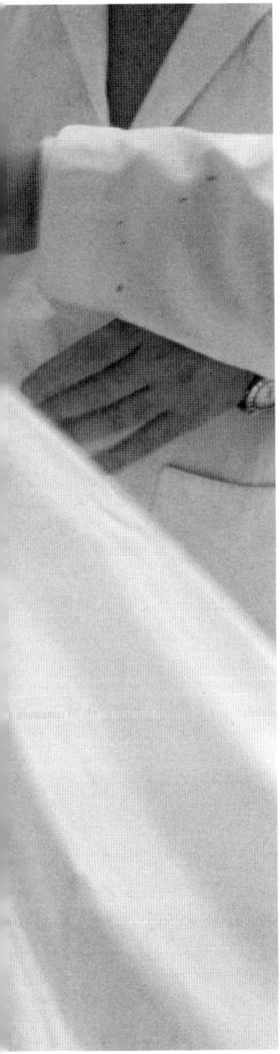

清真寺门口，送葬车队里飘着法塔赫的黄旗和杰哈德的黑旗。年轻人举着枪，并不介意拍照。孩子们一见相机，还是笑。

从车里取出头巾戴上，男人们还是不让我进入清真寺男祷告区。很久，有人出来传话，谢赫（清真寺里宣讲《古兰经》的人，可以被视为一寺之长）同意中国女记者进去拍照。刚一迈步，几个男人叫嚷起来："成何体统！"

这时杰哈德汽车上绑的大喇叭响："阿齐兹牺牲了！阿齐兹牺牲了！"阿齐兹是今天以色列轰炸的目标人物，杰哈德创始人沙米的侄子兼保镖。也许就是急救室里躺在右边床上的那个男子。

孩子们擎着黑旗围过来。其中一个是苏希的同学。问感受，他避开我的眼睛说："死了好啊。"他说苏希很活跃，爱踢足球，是个好学生，今天他从家去学校，比平时早了半个小时。

一行字突然出现在我脑海中：人生就像在黑暗的隧道里行走，不知什么时候，尽头的亮光倾泄下来。

终于，谢赫亲自接我进寺。我愣愣地拽

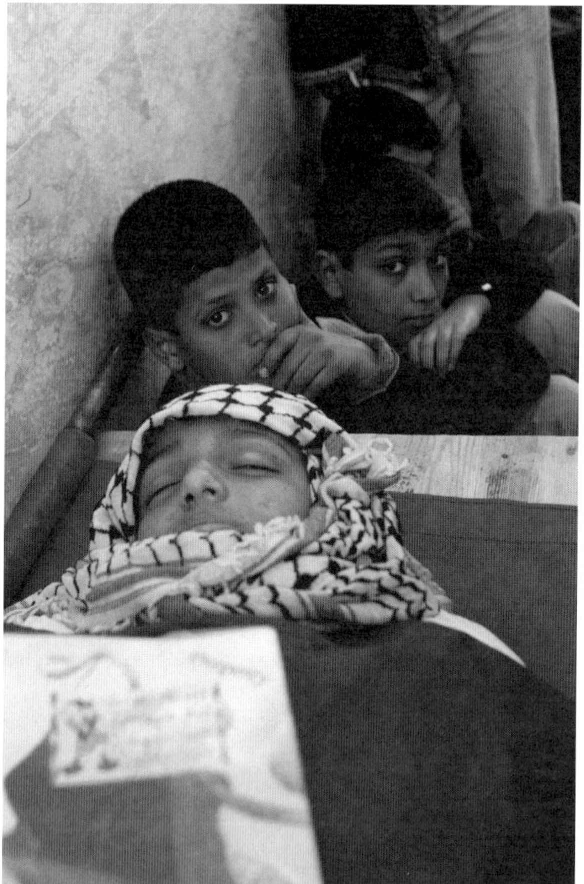

/ 苏希的同学在他的葬礼上

着黑袍往前冲，一低头，苏希的尸体就在墙边。地上坐了一排男孩。看到照相机，有几个还是笑着凑过来。

男人们做完礼拜，抬起尸体往外走。对空鸣枪声响成一片，一粒烫烫的弹壳蹦在我脚面上。

担架上了货车，墓地很远。

送葬队伍绕行加沙城的大街小巷，走了近一个小时。车上8个男人抬着担架，始终没松手，间或传来轻声抽泣。苏希的叔叔跟人换了手出来，捂住脑袋蹲下。有人递给我那玫瑰花封皮的本子，作业本，上面写着：塔里克·苏希，六年级。

装着尸体的货车缓缓前行，游行队伍跟在后面。不断有孩子扒住车栏杆跳上来，做几个鬼脸之后翻身下去。街道两边涂满战斗口号和图画的墙壁向后退去。

墓地在加沙地带东部边境，对面是以色列军队。带枪的年轻人全被拦住，大家怕他们进墓地会招惹麻烦。为了确定位置，我问："边境？"苏希的叔叔说："边境，巴勒斯坦的边境！你以为是以色列吧？这里全是巴勒斯坦，学过历史吗，你！"

车里不知谁跟了一句："是他们抢了我们的土地，这里没有以色列，全是巴勒斯坦！"

坑已经挖好。众人唤父亲过来送子入土，父亲已哭成个泪人。

坑不大，很深。伊斯兰教的传统是速葬，深埋。一个不相干的孩子，背书包坐在墓地里看风景。

盖上土，人们围坐在墓前听谢赫讲话。谢赫说："哈齐姆兄弟（苏希的父亲），莫伤悲，我们要告诉你，你儿子去了真主那里，做烈士比其他死法都好。”紧挨着谢赫的，同样是两个男孩。

墓地里有人对我说，请多拍些照片，让全世界看看。这时候，墓地里只有我一个记者。

来自法塔赫组织的哈齐姆（不是苏希父亲，另一个同名的人）主动带我回去。车里还有两个不明身份的年轻人。路上看见拿枪的，哈齐姆就招呼他们上车。我很紧张：“他们是以色列的‘通缉犯’吗？”

“是啊。”哈齐姆脱口而出。后座一个人提醒他，中国记者是担心有人招来导弹。哈齐姆笑了：“不会，他们不是‘大’通缉犯。”

哈齐姆语速快，车速慢，一路上给我洗脑。他说，全世界犹太人是一家，他们控制美国金融，控制美国国会。“你知道莫尼卡吧？犹太人！为什么找上克林顿？因为克林顿来过加沙（1997 年为加沙机场剪彩），犹太人要搞臭他……”

他指着路边背书包的孩子，看，如果犹太人盯上了我，一颗炸弹掉进我车里，这些小孩也完了。你看，那个小孩，喏，那个蓝衬衣的，他难道不是平民吗？不是无辜的吗？

我问，那你怎么看自杀爆炸呢？公共汽车上，餐馆里，那些以色列人不是平民吗？不是无辜的

/ 苏希的叔叔跟人换了手出来，捂住脑袋蹲下

吗？他回答说，你说得对，但是我们巴勒斯坦人“没有飞机，没有坦克，只有自己的身体”。

回到清真寺门口，我找到自己的车。哈齐姆说：“给你个电话号码，有事找我。对了，我在海边有两套房子，要租的话，便宜给你。”

第二天房东哈马德的妈妈第一次替儿子来收房租，一见我便惊呼：“昨天在苏希家看见你！我是他姑妈！”

她说据医生讲，爆炸后苏希被气浪甩出去 25 米，背部、胸部和手腕都被弹片击中。进医院 8 分钟后死了。

8 分钟。确实是我闯急救室的时候，苏希刚刚死去。“他很聪明，也调皮极了。”姑妈说，隔壁有个一年级的小孩，今天问苏希怎么不跟我一起上学去了？大人说，他成为烈士了。苏希有三个姐妹，两个兄弟，他是老四。

“政府或者其他组织会给抚恤吗？”我问。姑妈说：“过去伊拉克政府给钱，现在你也知道……苏希的父亲是小学教师，挺穷。”

我不敢当面把苏希死去和下葬的照片交给他父母，就托房东妈妈转交。

两天后，再次去苏希家。不过两天，父亲就比那天在墓地瘦了好几圈。妈妈木然地容我和另一个摄影师横拍竖拍。有人拿烈士像过来做背景，妈妈一下子捂脸哭起来。我们于心不忍，走开了。一个穿军装的男子把苏希的弟弟拉来：“你们一定要给这个孩子拍照，长大后，他一定能灭了以色列总理沙龙！”于是他让苏希的弟弟扎起黑白头巾，一把冲锋枪塞到他手里。

## （二）

导弹落下、苏希被炸的同时，50 岁的巴勒斯坦人瓦迪恰好经过那辆汽车旁。瓦迪没有死，但耳朵、胸、腿、脚多处受伤，失去了半个肝。

联系到瓦迪的儿子马哈茂德，约好到家里看望他父亲。

瓦迪的家位于加沙地带中部的木拉格镇，紧邻犹太人定居点。车子开到大路朝天、人烟稀少的地方，马哈茂德正在路边等候。他说这里不通车，他搭乘别人的驴子过来。

穿过羊肠小道，耳边苍蝇嗡嗡响。马哈茂德一指，到了。灰色的水泥房子，没有门，没有窗。确切地说，门框和窗框都在，只是空的。窗框上用绳子吊了块缺角的石板，石板是为了挡住冬季的雨水，四周露着光。马哈茂德说，因为交不起账单，家里没有煤气，也没有电，只是从邻居那里接根电线过来，亮一盏日光灯，供上学的孩子写作业。

瓦迪躺在角落的暗影里，浑身缠满纱布，一动弹便牵动所有伤口。他天生哑巴，现在更是有痛说不出，见到我和同来的摄影师高磊，两只手拼命向前伸，嗓子里发出"啊啊"的叫声。

瓦迪的妻子说，爆炸那天，在以色列做建筑工人的他刚刚领到 1000 多谢克尔工资。被送往医院的路上，口袋里的工资全部叫人摸走，那是养活全家 15 口人的钱。说到这里，瓦迪又发出"咿咿啊啊"的声音，一只手伸进自己的口袋比画着。床头有个铁皮糖罐，上面写着大大的英文商标"Happy"（快乐）。

/ 一个迷彩服男子给苏希的弟弟扎上黑白格头巾，一把冲锋枪塞到他手里

妻子说，当时瓦迪距离那辆汽车十指宽，他在医院里昏迷了四天，虽然性命得以保全，却从此丧失了劳动能力。说话间，儿子马哈茂德拿来碎布条般的衬衣和裤子，上面血迹斑斑，是爆炸当天瓦迪穿的衣服。

马哈茂德原先在一家金属工厂工作，一年前那家工厂遭到以色列导弹袭击，从此失业。问及为何不再找份工作，马哈茂德说现在的加沙哪里找工作去！瓦迪有两个儿子，另一个也失业了，女人们都不工作，所以瓦迪原先是全家唯一的经济来源。现在，全家靠联合国近东巴勒斯坦难民救济工程处（UNRWA）每两个月发一次的30公斤面粉、一瓶油和两公斤糖度日。幸亏巴勒斯坦中小学实行义务教育，孩子们还在上课。一个大些的女孩在哈马斯办的宗教学校念书。看见我们，她害羞地往人身后躲，闪动的大眼睛又分明透出说话的愿望。

“没有人赔偿，也没有人救济我们。”妻子说。因为住不起医院，瓦迪早早出院，回家5天了，却没换过纱布，也没洗过澡。医生开了方子，但家里没钱抓药。

女人们开始生火做饭，我们起身告辞。高磊跟马哈茂德握手，马哈茂德的手抽回去时，里面多了500谢克尔。他却不让我们走了，拿来几张医院证明，说他和他妻子生过四个孩子，每个孩子产下不到一天就死了。医生说这个毛病在加沙治不了，一定要出国花大钱治。

临走，马哈茂德打发他的女人过来跟我说：“你一定要帮助我们，出钱帮我们到外国治病，将来我们第一个女儿就以你的名字

命名。”我的汽车发动了，一个孩子在后面追着喊：“给我 5 个谢克尔，给我 5 个谢克尔！”

第二天，马哈茂德打来电话，问那 500 谢克尔是给他父亲的，还是给他的。之后隔上几天，他就会来电话。我问他父亲情况怎么样，他懒洋洋地回答“挺好”，然后就叮嘱我不要忘记他需要出国治病。

几秒钟的空袭过后，以色列的类似军事行动还将继续，巴勒斯坦激进组织的报复正在酝酿。而苏希的人生隧道走到了尽头，瓦迪从此生不如死。

# 哈马斯小战士

哈马斯在城南举行一次大集会。满目迷彩，绿旗翻飞，军歌震耳。忽然人群两分，所有的相机镜头转过去，一袭白衣的哈马斯精神领袖亚辛坐着轮椅到来。

我刚要跟着掉头，一眼看见了她。她被人推到台上，大概五六岁，迷彩马甲，头上扎着哈马斯头带。跟大多数巴勒斯坦人褐目黑发不同，她大概有某种混血，湛蓝的眼睛，卷曲的金色头发，扎一对粉红色小球。皮肤白皙，两颊绯红，洋娃娃一样。按当地习俗，一出生就扎了耳洞，穿上黄金耳钉。

她的神情抓住了我。不是愤怒、仇恨，或者恐惧。她轻锁眉头，望向遥远的地方，一个不属于这里的所在。一点点哀恸，怜悯，她的相貌和神情，把我从这个时空里切割出去。我的镜头无法移开，哪怕哈马斯最重要的领导人就在身后。

十多年后，偶尔在网上碰到的一个阿拉伯人，聊天头像竟然是这张照片。他怎么也不相信是正在跟他说话的这个人拍的。“她是巴勒斯坦人的偶像啊，我们叫她最美阿拉伯女孩，但没人知道她是谁。”

我托在加沙的记者朋友打听她的下落。在边境完全封锁的加沙，谁也走不掉，十多年过去，她还在那里，准备出嫁了。她的父亲对有人前来打听十分警惕，坚持不肯多说。那天她全副打扮出现在舞台上，还挎着玩具枪，父亲很可能是支持这个武装组织的。我没有追问。但有一天，会回去找她。

照片转换成黑白，少了稚气，多了寒光。

/ 哈马斯小战士

/ 以色列空袭哈马斯领导人亚辛，他侥幸逃脱，临近学校的女生们哭喊着从废墟中逃跑

篇九

# 领袖

真正的权威不需要傲慢、长胡须和大声叱呵，真正的权威能用丝带、谦恭、智慧把你勒死。

——法拉奇《风云人物采访》

# 与阿拉法特共餐

即将离任的中国驻巴勒斯坦办事处主任吴久洪大使一行到约旦河西岸城市拉姆安拉阿拉法特官邸，向这位 74 岁的老人辞行。会谈结束后，阿拉法特执意邀请我们共进午餐。

意外的是，午餐不在饭厅进行，而就在我们刚刚结束会谈的办公室里——因为官邸内根本就没有像样的饭厅。刚才，双方在半张桌边交谈，现在挪到另外半张就餐。两名白衫黑裤的侍者进来，训练有素地摆好餐盘刀叉。入座时，我发现杯盘刚好盖住桌面上一道长长的裂缝。

桌上摆的是“经典”阿拉伯菜肴：烤羊、烤鸡、牛肉、果仁汤等。只有阿拉法特的盘中餐与众不同：两边带把的陶罐、一点蔬菜。他双手捧住陶罐说：“我就不讲究礼节啦。”端起来就喝。一会儿，他就吃完盘子里的蔬菜，站起来笑眯眯地给每个人递玉米块。

/ 阿拉法特接受采访中

/ 阿拉法特在官邸外发表声明

近距离看阿拉法特，我发现他那标志性黑白格头巾已经泛黄。听说他是个非常讲究仪表的人，就连跟其他国家元首通电话前都要整理衣冠，以示尊敬。那次共进午餐气氛轻松，我斗胆打破禁区，问起阿拉法特夫人苏哈和女儿的情况。阿拉法特两手端着汤，神色变了一下，目光没有直视我们，淡淡说，她们目前在巴黎或突尼斯居住。

阿拉法特甚至回忆起小时候在耶路撒冷同犹太儿童玩耍的情景。“那时我们从来没想过他们是犹太人。”他说。对于出生在耶路撒冷的他来说，重返圣城成了此生夙愿。

不过，有的传记作家指出，阿拉法特出生在埃及首都开罗，他的童年也是在那里度过。

想起前几天在加沙一处被以色列军队摧毁的民房前采访，一群不到10岁的巴勒斯坦儿童告诉我，不愿和他们的犹太同龄人玩耍，因为“长大后他们会像父亲祖父一样”。我向阿拉法特提出这个问题，如何看待过去三年流血冲突在巴以儿童幼小心灵中种下的仇恨？阿拉法特说，巴以人民间的信任已经被摧毁。然后，他指着胸口一枚橄榄枝形的徽章，镌刻有“和平种子”（peace seeds）两个英文单词，枝条上站着两个手拉手的人形，“这是两个巴以儿童。”听我说话的时候，他两只眼睛瞪得圆圆的，非常认真；他一笑，眼睛就眯缝起来，长着稀疏白胡子的嘴唇颤动得厉害。

办公室窗户上堵得严严实实的沙包已经去掉，但阿拉法特政治顾问拉迪纳指给我看窗外：两层薄水泥板护住玻璃，沙包就在下面。办公室还是不见天日，灯光长明。阿拉法特感慨，许多事情在目前形势下很难实施，特别是重建巴以人民间的互信。

告别时，吴久洪大使送给阿拉法特两件礼品：一是国画竹子，祝他如青竹挺立；二是一套紫砂壶茶具。阿拉法特笑得合不拢嘴，戴上老花镜给我们的纪念照片题字：“我最美好的祝福——亚西尔·阿拉法特”。患帕金森症的他，握笔的手不停颤抖，竖笔画歪歪扭扭。“我也很想送你们礼物，但我现在实在拿不出什么像样的东西了。”他说。

# 瞄准镜下的阿拉法特

再次见到阿拉法特时，他已经遭到驱逐威胁两天了。以色列安全内阁通过一项决议：“驱逐或杀死阿拉法特”。

官邸大楼之外，近千名巴勒斯坦学生高举国旗和阿拉法特画像聚集在广场上，齐声高呼口号“用鲜血保卫阿拉法特”。突然，人群中爆发出雷鸣般的掌声和欢呼。

从大楼第三层望下去，一方黑白格相间的头巾出现在被沙包、汽车轮胎堵得严严实实的官邸门口。一个“V”字胜利手势举过头巾——阿拉法特出现了。

离得太远，我没有听清他讲了些什么，只看到随着他的手势，人群沸腾起来，红、白、绿、黑四色组成的巴勒斯坦国旗上下翻飞。很快，阿拉法特朝我站立的地方走来，步入会议大厅。途中，他两次停下脚步，探出窗口向广场上的人们挥手，广场上立刻以

/ 阿拉法特从被围困的官邸探出身体，向人群致意

惊天动地的喊声呼应。

奇怪的是，阿拉法特身边的警卫并没有异常警觉，并非外界传闻那般。即使我突然把相机举到阿拉法特头顶拍摄他挥手照片，也没有遭到阻拦。

离开窗口，阿拉法特渐渐收起面对窗外的笑容，一个转身准备往会场里走。他的背微微有些驼，大概这几天遭到围困的缘故，眼神也不是特别清澈。转身，一瞬间，阿拉法特似乎忘记了会场在哪里。他的目光游移了一下，身边卫兵也跟着他的眼神转动，胳膊都伸着，随时准备搀扶他到要去的地方。

其实只是一秒钟的迟疑。阿拉法特马上反应过来，在卫兵的簇拥下，走向会场。这时候，我被穿绿军装的胳膊们架开了。

一进门，阿拉法特脸上立即露出笑容，热情地把手伸向每一名来宾。大概因为我是来宾中为数不多的女宾之一，到我面前时，他笑得更加灿烂，抓起我的手捧到嘴边亲吻两下，下颚上的胡子扎得我很痒。

阿拉法特绕椭圆形桌子一圈，同每一个人握手，端正稳健的步伐中隐约可见戎马生涯养成的习惯。发表讲话时，阿拉法特思路清晰，反应敏捷。巴勒斯坦外交部长沙阿斯在阿拉法特身边充当翻译，坐在阿拉法特右边的谈判事务部长拉布几次试图提醒阿拉法特，都被他打断。“我还没说到呢，别着急。”阿拉法特说道。

阿拉法特讲话的时候，紧邻官邸一栋高层建筑内，以色列狙击手正注视着这里的一切行动。

# 倒叙亚辛

加沙城北谢赫·拉德旺公墓。

2004 年 4 月 18 日下午 2 点，哈马斯二号人物兰提西在这里下葬。一米开外，埋着 20 多天前同样遭到导弹袭击的哈马斯头号人物、精神领袖亚辛。走出两步，便是 2002 年 7 月 22 日深夜死于以色列一吨炸药倾泻之下的哈马斯军事首领谢哈德之墓。“谢哈德墓里还有他老婆……”一个孩子说。除谢哈德外，13 名无辜巴勒斯坦人在那次轰炸中死亡，140 人受伤，死者中包括 9 名儿童。

“阿布·沙纳布在那边。”孩子往远处一指。他说的是哈马斯三号人物，2003 年 8 月 21 日遭以色列“定点清除”。

兰提西下葬那天，来到墓地时天光渐暗。白天 10 万人送葬的喧嚣已经退去，窄窄的土坑边，只有三五个孩子坐着玩耍，微微隆起的土堆上覆盖着花瓣和一张打湿了的兰提西画像，别无他物。

“出来混，总是要还的。”看哈马斯头目们在这里归了一处，我突然有点不合适地想到电影《无间道》。

/ 亚辛墓

# 黑色清晨

2004 年 3 月 22 日，睡梦中我隐约听见窗外有响动，随即电话铃声大作。睁开眼，发现天还黑着，心头一凛。抓过电话，阿马德急促的声音传来：“他们杀了亚辛！杀了亚辛！”

“死了吗？”

“死了！死了！”

为了确认消息，我立即打开枕头边的收音机。土生土长的加沙广播电台“自由之声”，播音员的声音如丧考妣：“亚辛遇刺。”我看了一下表：5 点 19 分。

疯了似的冲下楼，赶往现场。亚辛家在我的办公室以南，直线距离不超过 10 公里，但是路线曲折。幸好记者们事先都反复练习过去他家的路线，以便有事及时赶到。

一扇暗红色的铁门上弹孔斑斑。仔细看，弹孔周围还有“地狱火”导弹穿透铁门瞬间，高温熔化金属的痕迹。一地鲜血、满墙弹孔，除了导弹碎片，还有“阿帕奇”武装直升机重型机枪扫射留在地面上的弹洞，每个大约20厘米深。

亚辛的轮椅碎了，袍子碎了，脑袋也碎了。遇到美联社记者凯文，我们几乎同时说了一句：“真不敢相信……”

迎面而来的是黑布套头，仅露出一双眼睛的哈马斯们。只有一个手持念珠的人，疯了一般在人群中呼喊“报复！报复！抓奸细！”更多人靠墙或坐在地上垂泪。空气里还是惊愕，不是想象中的愤怒，人们还不能接受亚辛遇刺这个事实。

我来不及回吉普车拿头巾就闯入亚辛办公室。他的手下已经顾不得许多，无人阻挡。左邻右舍、亲戚朋友围成一圈坐在平常接待记者的办公室里，也就是我曾经与亚辛面对面进行专访的地方。女眷们躲在车库门后面垂泪。这时，我最想见的人是亚辛的妻子乌姆·穆罕默德，几个月前她对我说的那句“一听到飞机的声音我就睡不着觉，总是担心突然有一颗炸弹掉在房顶”，此刻反反复复出现在脑海里。但女眷们还是阻止了我，说这个时候她不见外人。

一个孩子手持大幅亚辛画像，站在矮墙上。还有一些孩子在地上、墙缝里挑拣亚辛及另外8名死者的尸体碎片。根据伊斯兰教传统，死者下葬时要“全尸”。

这天，连孩子们都很安静。

赶往停放亚辛尸体的舍法医院，路上天光渐亮。金色的晨光勾勒出远远近近房屋和清真寺的形状。到处有人在燃烧汽车轮胎。滚滚浓烟，倒扣在加沙上空。

这是个黑色清晨。

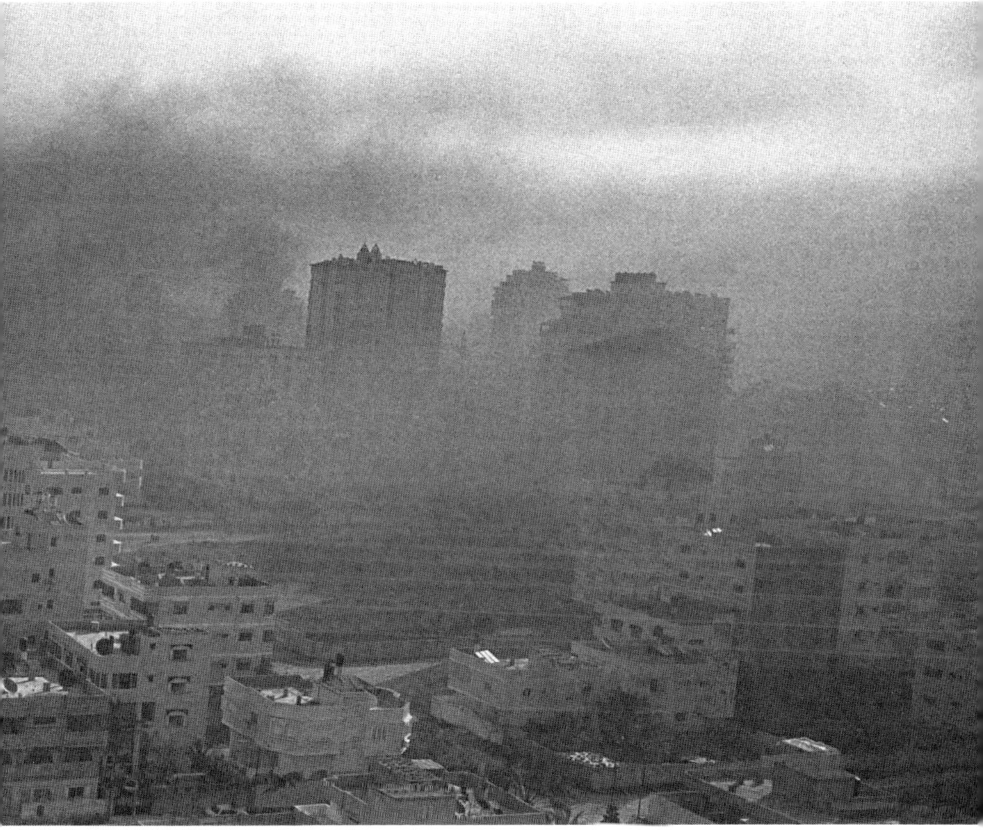

/ 加沙城笼罩在黑烟中

# 葬礼

舍法医院的墙上、屋顶上爬满了人。停尸房里，有人哭着被拽出来。

不断传来枪声、爆炸声。有人对空鸣枪，有人干脆朝空地投掷手雷宣泄愤怒。我几乎没有地方下脚。

天光大亮。街道两旁店铺紧闭。行进中的人，几乎全部朝向市中心大清真寺，亚辛葬礼开始的地方。哈马斯武装人员在清真寺周围小巷里列队。他们听从统一号令，组成方阵，秩序井然。几名哈马斯扛着“卡桑”火箭模型站在巷子里等候“出场”。孩子们上来围观我，被哈马斯们喝住。

黑纱蒙面的巴勒斯坦妇女出现在送葬队伍中。她们挤在街道两边的人行道上，不断呼喊口号，打出“V”字胜利手势。葬礼一般只有男子参加，这是我第一次见到有妇女加入，也是第一次见到万人空巷的送葬场面。

人群突然沸腾起来。盛有亚辛遗体、覆盖哈马斯绿色旗帜的棺材抬到，将进入清真寺接受最后的祷告。无数只手伸向棺材，耳边不断传来撕心裂肺的喊声和枪声，好像巴勒斯坦人刚刚从“不敢相信”中回过神来，愤怒突然被点燃。

不仅仅是绿旗，代表其他派别的黑、红、黄、白各色旗帜一齐出现在葬礼上。一辆装有扩音器的车上，哈马斯宣布：“地狱之门已经打开，海法、特拉维夫、内塔亚……爆炸！爆炸！爆炸！”

一间店铺屋檐被踩塌，站在上面俯瞰葬礼的人纷纷掉落下来。

# 哈马斯要靠选票上台

根据伊斯兰教习俗，亚辛家属为他搭建两处灵堂，分别接受男女宾客凭吊。吊唁活动从他死亡之日起持续三日。由于亚辛的特殊身份，前来凭吊的人太多，所以供男子凭吊的灵堂不是设在家里，而是在加沙城中心一个足球场——这里也曾经是巴勒斯坦安全部队练兵的地方。

简易的绿色塑料大棚很快在球场上搭起来。灵堂入口处张贴着巨幅亚辛画像，侧面像，背景是太阳，光芒万丈。巴勒斯坦安全部队的士兵捧着花圈列队而入，这支部队曾经奉政府之命软禁亚辛。亚辛的男性家属在灵堂里站成一排，与前来吊唁的人一一握手。

忽然，所有记者的镜头都对准一个方向：一名双腿残疾的巴勒斯坦老人，一寸一寸，从沙地上爬进来！

哈马斯在加沙并非没有争议，有人视他们为动乱之源，自杀式爆炸招来以色列对加沙的密集轰炸、严厉封锁。但哈马斯动员基层的能力极强，学校、医院网络广泛，在孱弱的巴勒斯坦政府之外，实际上承担起社区运营责任。而对于袭击以色列目标人道与否，即便是视哈马斯为动乱之源的巴勒斯坦人，同时遭受以色列的围困与打击，有时亦情感复杂，又或者不敢公开批评，怕招惹哈马斯。这个激进组织曾多次在街头行刑，问吊所谓奸细。哈马斯与巴勒斯坦政府的关系，有一山不容二虎的血债，也有本是同根生的相惜。哈马斯精神领袖亚辛在加沙的地位犹如黑帮教父，无人争锋。

美联社的女摄影师今天匆忙从耶路撒冷赶来，居然用一块艳丽的花头巾遮掩满头金发，惹得过往的巴勒斯坦人纷纷侧目。平日一向孤傲的她主动跟我搭讪，问我那一身得体的黑袍黑头巾哪里买的。

哈马斯五人领导班子中的马哈茂德·扎哈尔抵达现场，引起记者们一阵骚动。扎哈尔一脸疲倦，还有几分心神不宁——这个时候，大家都在猜，哈马斯中谁是下一个？

趁扎哈尔在灵堂里坐下的时候，我挤到他身边发问。“‘基地’组织发出声明，要替谢赫·亚辛报仇，还邀请哈马斯加入‘基地’？”扎哈尔挤出一个笑容，摇摇头说：“哈马斯并不像外界传说的那样，考虑加入巴勒斯坦政府或‘基地’组织……哈马斯今后将作为独立派别参加巴勒斯坦大选，我们还是希望通过民主选举，而不是其他方式赢得政治权力。”

他说，哈马斯并没有涣散，“我们有组织、有制度，杀死亚辛不但没有削弱哈马斯，反而令我们变得更强大、更团结”。至于以色列方面为什么对哈马斯“下死手”，扎哈尔又笑了：“你见过拳击比赛吗？落败的一方总要垂死挣扎，那时候他会胡乱挥舞拳头，以色列总理沙龙现在就是这个样子。”他解释说，在过去三年多中，沙龙的“定点清除”政策并没有奏效，修建隔离墙也没能完全阻止自杀式爆炸，所以才会采取这样的极端行动。

交谈几分钟后，扎哈尔匆匆起身，他不愿意在一个地方逗留太久。

/ 一名腿脚不便的巴勒斯坦老人爬进亚辛灵堂吊唁

## 想殉道吗

女眷们都在另外一个灵堂——亚辛家院子里。亚辛家位于加沙城贫困的萨卜拉区，两层小楼，楼下是院子，与附近居民的房子连成一片。这就是为什么以色列一直不敢直接轰炸亚辛住宅的原因。

蒙面的伊斯兰大学女生们声嘶力竭地呼喊："犹太人杀无辜者，犹太人杀无辜者……"一个叫伊纳斯的女生拉起我的手问："想殉道吗？跟我来。"周围人轻笑着，她冲那些人挤挤眼睛。先喝杯橘子汁，再吃3颗椰枣。橘子汁喝了解渴，而3颗椰枣，是仿效伊斯兰教先知穆罕默德当年冥想时，只食椰枣充饥的做法。

"不是所有人都能殉道，"伊纳斯说，"真主只挑选最优秀的人殉道……你可以努力……"

上千个穿黑色长袍的身影中，我好不容易找到乌姆·穆罕默德。她满脸疲惫，见到我时努力拉动嘴唇，露出牙齿，算是微笑。

像其她女眷一样，她身上贴了个标明身份的纸条：烈士亚辛之妻。这，大概就是她一辈子的标签。一次拍摄埃及代表团会见亚辛的时候，我跟场外的乌姆·穆罕默德曾经长聊，听她说为巴勒斯坦最大激进组织头目生儿育女的故事。他们本是堂兄妹，乌姆·穆罕默德对政治一无所知，她是个朴素简单的女人。

此刻她瘫坐在一张白色塑料椅子里，与无数只排队伸过来的手相握。她真的累了，没人过来握手时，她的手也朝前伸着；有时对方伸出手，她却毫不知觉。

女眷们说，等吊唁的人少些再同意我采访乌姆·穆罕默德。乌姆·穆罕默德背后站着亚辛的女儿，大约20出头，警惕地瞟了我几眼，拒绝说话。

站了半个多小时，吊唁队伍没有中断过。我只好蹲到乌姆·穆罕默德脚边，见缝插针问两句。

“外面传来爆炸声，接着有人冲进来喊‘谢赫死了，谢赫死了’。”空袭发生时，乌姆·穆罕默德正在家中，她对我讲起当时的情景。亚辛遇刺的地方离家门口几步之遥。“他们不让我出去，说很危险，但是我没来得及戴头巾就冲出去了，只看到地上一摊血迹，”她的声音突然哽咽，“我连尸体都没看到，听说被炸成了碎片……”

她的眼泪没有掉下来，嗓子发干，整个人好像早已被抽空。

伊纳斯告诉我，哈马斯视亚辛为精神领袖，但乌姆·穆罕默德“仅仅是他的妻子”。不过，哈马斯将负责亚辛遗孀及其家属今后的生活。

/ 亚辛妻子乌姆·穆罕默德接受妇女们的吊唁

# 以死相报

哈马斯连续4天游行。队伍在一所学校的操场集合，有人上台讲话。报复亚辛遇刺，两名哈马斯成员袭击了加沙犹太人定居点，当然也送了命。眼前，哈马斯正把两名死者家属推到台上，接受大家致敬。

一名死者的父亲站在台中央，手里被人塞了把枪。他悲伤，又决绝，眼里噙着泪。见记者拍照，有人试图拿掉他手里的枪，老人不让，抓得更紧。当蒙面的哈马斯代表们致哀完毕，离开舞台时，老人一挺腰杆，敬了个军礼。

原亚辛办公室主任哈尼亚不知从什么地方冒出来，他开始讲话的时候，突然停电了。黑暗中，他鼓动大家高呼："兰提西万岁！兰提西万岁！"

二号人物兰提西已经接替亚辛，出任哈马斯加沙地带总头目，同时，也开始了东躲西藏的生活。

/ 哈马斯把死者家的一个孩子抱上舞台

## 差点陪亚辛挨炸

大约半年前，美联社的一则报道惊出我一身冷汗。

报道说，以色列第一次（2003 年 9 月 6 日）暗杀哈马斯创始人、精神领袖亚辛行动失败后，计划隔天再次下手，机会是亚辛当天在住所门前接见加沙伊斯兰大学学生。当时，我正在现场拍摄照片，蹲在亚辛轮椅右侧。

上午 10 时左右，数百名加沙伊斯兰大学学生高举哈马斯绿色旗帜，高喊支持亚辛的口号向加沙城东部亚辛住所进发。

我追逐着游行队伍前行，准备在他们抵达亚辛住所前几分钟先行进入现场，抢占拍摄位置。半路上碰到巴勒斯坦摄影记者萨比拉搭车，目的地同样是亚辛住所。

亚辛住在加沙城东一个人口密集的居民区。那里的房屋简陋破旧，排列毫无规则。亚辛住宅的外观同三个月前我对他进行专

/ 亚辛最后一次出现在公共场合

/ 亚辛第一次遭到以色列导弹袭击逃生后，接见支持者，他的脸部被一块阴影遮挡

访时几乎没有变化，只是墙上又多了几条鲜红的反以标语。

窄门一开，一双踏在轮椅上的大脚先伸出来。亚辛现身立即被十多名记者以各种姿势团团围住。所谓“各种姿势”，是记者间达成的默契，最靠近采访对象者蹲下，中间的半蹲，给身后其他记者让出拍摄空间。尽管如此，镜头与镜头之间仍然难免摩擦。起先我站在亚辛左手外围，屡屡遭到其他记者遮挡，于是绕到右边，试图打进“中心圈子”。

好容易挤到亚辛近前，一只原本搭在轮椅上的手挡住去路。我拍了拍那只手，头也没抬地喊着：“请让一下，请让一下。”那人回头诧异地看了我一眼，稍稍犹豫，还是抬手放我过去。这时我才反应过来，手的主人是亚辛的贴身保镖。

终于蹲在亚辛轮椅右边。由于街道狭窄，我的后背顶到墙上。后来从“半岛”台电视画面上看，我手里那支贴着“新华”标签的银灰色佳能 24–85 毫米镜头都快贴到他脸上去了。入乡随俗围上的头巾，也在推搡中奋拉下来。

亚辛神情泰然，却难免劫后余生的愤

慨和得意。面对记者们连珠炮似的提问，他扯着嘶哑的嗓子一一作答，底气十足。亚辛原属哈马斯中的温和派，多次表示可以有条件接受停火，但此次遭遇轰炸后却说："以色列将为此付出沉重代价。"

一名男生代表伊斯兰大学学生上前亲吻亚辛，他们带来的录音机不断唱着"亚辛，亚辛，我们爱戴你"。拍照、提问持续了大约 20 分钟，保镖伸手挡开所有镜头，说"谢赫（对亚辛的尊称）累了"，推着亚辛进入窄门。

不远处，萨比拉朝我指了指相机，右掌一划，意思是"拍完了吧"。我们迅速到我的吉普车前汇合。

美联社的报道中说，以色列军方在最后一刻改变计划的原因是，当时正有两家以色列电视台摄制组在现场拍摄。而这则报道的标题就是："以色列记者救了亚辛"。

我把这则报道拿给萨比拉看，他吐了吐舌头说："我一向不喜欢往那个地方（亚辛住所）跑。"

# 对话亚辛

见到他的时候，我犹豫了一下，对自己说，这就是他吗？一排宽大的书柜前，缩在白袍里的他显得那么弱，那么小。两只大手僵硬地垂下，左腕戴着一块有点可笑的方形大手表。白袍遮盖住他已经萎缩的腿脚，但脚上一双黑鞋大得不成比例。除了一把几乎没有杂色的银灰胡须和凌厉的鹰钩鼻，第一眼，你感觉不到他的威严或者想象中的神秘，他只是一个四肢瘫痪、坐轮椅的病人。

曾经多次在哈马斯集会上见到他，他总是最后一个出场。远远地，人群突然骚动起来，一定是亚辛到了。除了保镖，还有忠实的追随者们，七手八脚把他和轮椅抬进会场。轮椅刚放下，无数话筒、镜头凑上去，记者们挡住了他的身体，只露出一张心满意足的笑脸。要么就是在游行队伍中，他坐在自己的专车里。车子行进得极慢，好让亚辛回答记者们的问题。这时候，他脸上仍

/ 亚辛办公室，纸板上的头像是在巴以冲突中死亡的一名巴勒斯坦婴儿

然是那种心满意足的神态，洞悉一切，掌握一切的得意。

“心满意足”有时会突然变成另外一种表情——呆滞。别人发言的时候，他微微向后仰头，眼神空洞，嘴角轻轻张开。助手过来帮他戴助听器，还一次一次扶正。14 岁那年在海边摔断颈椎，导致四肢瘫痪。长期的牢狱生涯损坏了他的听力，拷打造成他右眼弱视。据说，亚辛的身体状况还在恶化。马格纳图片社曾经发过一张照片，亚辛瘦小的身躯缩在床上，近处是他每天必须服用的药水。助手们帮他穿戴，他要转去哪个方向，都需要别人帮忙。能否见亚辛、见多少分钟，都成为助手与记者们之间的“交易”。

现在他正用一种彬彬有礼而又漫不经心的眼神迎接我。助手事先强调，必须穿长袍、戴头巾，否则不得采访。但亚辛的眼神告诉我，他对一名女记者来访根本不介意。后来从当时拍摄的照片上看，我的头巾戴得很不“地道”，一截头发露在前额。巴勒斯坦女记者塔赫里特曾经告诉我，一次她去采访亚辛，辫子从头巾里露出来，助手惊呼：“头发！”而亚辛本人一点反应都没有。

就连以色列总理内塔尼亚胡的高级助理大卫·巴尔·伊兰都承认，亚辛有“教皇般的号召力”。在加沙地带采访时，25 岁的伊斯兰大学学生哈桑·维夏姆眼睛亮亮地对我说：“亚辛是巴勒斯坦人反抗以色列侵略的象征，我崇拜他，愿意为他献身。”2001 年、2002 年，巴民族权力机构两次准备软禁亚辛，遭遇其追随者的强烈反抗。几乎所有加沙人都说他好，尤其是最近以色列连续 7 次袭击哈马斯目标之后。也有人不敢说不好。1988 至 1991 年，哈马斯处决了 571 个被控“通敌”的巴勒斯坦“奸细”。加沙一家

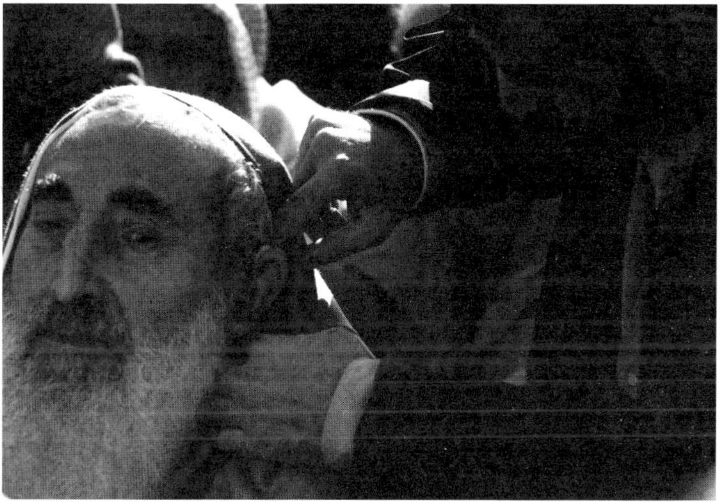

/ 助手给亚辛戴上助听器，这时他看上去不过是个病人

钱庄老板在回答我的问题“如何看待亚辛”之前犹豫了半天，最后深吸一口气说：“如果有人闯进你家，抢走你的东西，还把你赶出去，你会怎么做？”只有一名学者对我说，亚辛是个疯子，他为什么不送自己的孩子去做“人体炸弹”？ CNN 记者曾经问一名哈马斯官员同样的问题，得到的回答是：哈马斯从来不“强迫”任何人实施自杀爆炸。

一个四肢瘫痪的人，哪里来的号召力？“亚辛”的名字前冠有“谢赫”称号。“谢赫”在阿拉伯语中指有较高伊斯兰教学识及德高望重的人。亚辛残疾后，坚持念完高中，毕业后在一家学校教阿拉伯语和伊斯兰教法，尽管他从没接受过正规的宗教教育。之后，他转到埃及艾因·夏姆斯大学学习，因病肄业，却在那里受到穆斯林兄弟会的影响。1973 年亚辛回到加沙，兴建伊斯兰福利社团，成为当地最有名的“讲经人”之一。“谢赫”作为尊称，可以指任何人，但名副其实的“谢赫”屈指可数，亚辛就是其中之一。阿拉伯人家族间的矛盾往往不是靠法院解决，而是“谢赫”说了算，可见“谢赫”的地位。

哈马斯对外发动袭击，对内斥巨资兴建医院、学校，还不定期向穷人发放食品和救济金。尽管民意测验显示，阿拉法特的支持率整体上高于亚辛，但在难民营的穷人当中，却是亚辛领先。

他的嗓音像刀片刮在玻璃上一样，又尖又细，一米开外就可能听不清。但是他语言流畅，思路清晰。他说话时需要挺直腰板，向外送气。助手总是提醒我们“谢赫累了”。因为“累了”，原定一个小时的采访，实际只进行了半个多小时；因为“累了”，不等我们采访完毕，助手就安排两家欧洲电视台进来拍摄。

亚辛措辞讲究，讲起话来甚至有韵律。他还会做出“和蔼”的表示，笑眯眯地指着我对周围人说：“看，她会讲阿拉伯语。”如果没听清楚问题的话，他用询问的眼光正视你。我问：“像你这样有头脑的人，难道不知道自杀爆炸会招来以色列更加猛烈的军事报复，而这种报复必定导致无辜巴勒斯坦人的死亡吗？”他一点都不尴尬，首先感谢我说他“有头脑”。他蓝灰色的眼珠只是稍显浑浊，看不出有疾病。有时他的眼珠异常灵活，发出冷冷的光，凌厉和呆滞在他脸上交替出现。

他是 8 个孩子的父亲，5 个女儿，3 个儿子。儿子们兼作保镖，女儿们都嫁了哈马斯。妻子是他的堂妹，一样姓亚辛，结婚 40 年了，孩子们都在他们结婚最初的那些年降生。14 岁时发生的事故，并没有立即造成亚辛四肢完全瘫痪，牢狱折磨才使他渐渐丧失行动能力。

亚辛的斗争纲领发生过重大改变。哈马斯成立最初，坚持把犹太人从所有巴勒斯坦土地，包括现在的以色列国赶走，后来亚辛表示可以接受 1967 年战争爆发前的巴以边界，被视为哈马斯中的温和派。那些生龙活虎的“强硬派”呢？会对一个只有头部可以转动的人俯首帖耳吗？据说作为政治领导人，亚辛只操纵斗争大方向，而对哈马斯军事派别“卡桑旅”策划的每一次自杀袭击事先并不知晓。只有一次，他的保镖向“卡桑旅”成员教授如何使用枪支，那些学员后来向加沙地带以色列士兵发起袭击。

看过亚辛接受一家电视台的采访，他不记得自己生于哪个月份，大概是 6 月，而资料显示是 8 月。但自己名字的由来，却记得一清二楚。母亲怀孕时做了个梦，天使告诉她将生的孩子叫“艾哈迈德”（意为“最值得赞美的”）。母亲不愿意，因为家族中有一个令人讨厌的男子叫“艾哈迈德”。但最后还是遵从上天旨意，给他起了这个名字。每次讲到这里，亚辛自己都会笑起来。

当我问到，看到以色列妇女儿童被炸死的场面作何感想时，亚辛甚至叹了口气，表示“痛苦”，但随即又搬出“以牙还牙，以眼还眼”的理论。

以色列人对我说，加沙是火狱。在他们看来，亚辛就是魔鬼。亚辛的办公室里，我没有看到电视机。他不懂英语，连简单的词都不懂。电视台进来拍摄时，通过翻译提了几个问题。从满街低腰裤的特拉维夫到闭塞贫穷的加沙，我感受到的不仅仅是“风土殊”，更是两种文明之间的壁垒。

他与敌人的关系并不简单。哈马斯作为宗教团体成立之初，以色列为了削弱阿拉法特的力量，曾经暗中扶持哈马斯。哈马斯高级官员扎哈尔曾经与以色列前总理拉宾秘密会谈。据说，一天夜里，以色列士兵破门而入，在亚辛家里搜到枪支弹药。士兵问他这是干什么的，亚辛说，用来对付巴民族权力机构，此事便不了了之。但 1983 年他确实因为“私藏武器”坐牢。

1993 年 4 月 16 日，《奥斯陆协议》签订前夕，哈马斯实施第一起自杀式爆炸，与巴勒斯坦民族权力机构分道扬镳。

亚辛与阿拉法特的关系更难定论。自杀爆炸的受害者除了以色列人，还有阿拉法特。一张阿拉法特同亚辛握手言欢的照片，如今成了阿拉法特“支持恐怖”的罪证。9 月，阿拉法特遭到以军围困，亚辛参加了要求解围的示威游行。“巴勒斯坦人和你站在一起。”他发表讲话说。同年 12 月，哈马斯与巴勒斯坦警察发生零星冲突。亚辛说，建国之后，哈马斯将通过选票取代巴民族权力机构，领导巴勒斯坦人。

以下是采访实录。

周（周轶君，以下简称“周”）：你为什么还待在家里呢，不知道以色列已经宣布你为打击对象了吗？

亚（亚辛，以下简称“亚”）：你们为什么来呢？不怕遭到打击吗？暗杀的威胁从来不能吓倒我们，我们乐意成为“烈士”。对于我们来说，牺牲像结婚一样是喜事。为正义献身的人只死一次，怯懦的敌人要死 100 次。

周：以色列的“定点清除”行动到底对哈马斯造成了多大损失？

亚：一点都没有。打死一个哈马斯，会有千百个哈马斯站出来，会有千百个哈马斯替他报仇。哈马斯不是一个小组织，它代表巴勒斯坦、阿拉伯的民意，无论美国，还是巴勒斯坦民族权力机构都不能忽视我们的存在。我们不仅仅保护自己，我们还要保护巴勒斯坦人民……

周：保护巴勒斯坦人民？像你这样有头脑的人，难道不知道自杀爆炸会招来以色列更加猛烈的军事报复，而这种报复必定导致无辜巴勒斯坦人的死亡吗？

亚：首先感谢你对我的评价。我们巴勒斯坦人没有F-16战斗机，没有“阿帕奇”武装直升机，只能用有限的、简单的手段自卫……不应该要求我们停止自卫，而是要求以色列停止侵略，无论我们是否进行自杀爆炸，都会遭到以色列的杀戮，是以色列的杀戮激起了我们的复仇行动。

周：那么，自杀爆炸又给以色列造成了多大损失呢？据我看到，炸死几百个以色列人并没有毁灭以色列，还是有人乘公共汽车，有人去餐馆，但越来越多的巴勒斯坦人死于以军报复行动。

亚：杀死多少以色列人不是关键，关键是在以色列人中间制造“同等”的恐慌。自杀爆炸确实使以色列经济遭到打击，使以色列人意识到沙龙没有给他们带来安全，这才能使巴勒斯坦人最终得到自己应有的权利。

周：袭击以色列平民是解脱巴勒斯坦人苦难的唯一途径吗？

亚：全世界有能力帮助巴勒斯坦人解脱苦难吗？如果全世界能够帮助巴勒斯坦人恢复自己应有的权利，我们可以停止一切自杀袭击。

周：当你从电视屏幕上看到以色列妇女儿童在自杀袭击中丧生的场面，作何感想？

亚：看到任何妇女儿童流血，我们都会感到痛苦，因为我们看见过巴勒斯坦妇女儿童流血的场面。伊斯兰教不允许杀害无辜的人。但是为什么犹太人杀害我们的妇女儿童，全世界对此沉默呢？我们曾经多次向以色列提出，如果他们停止杀害巴勒斯坦平民，我们也可以停止针对以色列平民的袭击，但是他们没有停。

周：再过几天，埃及代表团就会到加沙来进行斡旋。你会接受停火协议吗？

亚：我们还没有对埃及方面做出回应。哈马斯始终欢迎与巴勒斯坦民族权力机构对话。我们可以有条件地接受停火协议，这些条件不仅包括要求以色列停止“定点清除”，还包括恢复巴勒斯坦人合法权利、结束以色列对巴勒斯坦土地的占领、释放巴勒斯坦囚犯、停止军事打击巴勒斯坦人、承认巴勒斯坦难民“回归权”，承认巴勒斯坦人对耶路撒冷的主权。以色列不能不付出代价就得到停火协议。

周：你觉得这些要求能够得到满足吗？

亚：如果以色列继续侵略政策，不排除将来有更多自杀袭击发生，不远的将来。

周：以色列提出从加沙地带部分撤军以实现停火，哈马斯会接受吗？

亚：从加沙地带部分撤军是一个诡计，这意味着他们可以继续占领约旦河西岸的巴勒斯坦城市。这种诡计过去我们也见过，什么“加沙先行”方案，以色列人只是想甩掉加沙这颗“定时炸弹”。我们早就说过，不仅要实现加沙的稳定，还要所有的巴勒斯坦人享受这种稳定。如果巴勒斯坦民族权力机构接受仅仅从加沙撤军的方案，就犯下了天大的错误，是为以色列的利益服务。

周：那么，怎样可以使哈马斯满意呢？

亚：全面撤军，从加沙地带和约旦河西岸巴勒斯坦城市全面撤军，包括犹太人定居点也要撤出。

周：可是，目前看来并不现实。

亚：对于巴勒斯坦民族权力机构来说，目前除了接受“逐步撤军”别无选择。“逐步撤军”可以先行，但必须是全面撤军，必须制定可操作的时间表，而不是什么“加沙先行”。

周：除了以色列人，阿拉法特也成了自杀爆炸的牺牲品。以色列人说他资助或帮助自杀袭击，是真的吗？

亚：巴勒斯坦民族权力机构里没有一个人帮过我们。阿拉法特是否帮助过法塔赫我一无所知。

周：你怎样评价总理阿巴斯？他不愿与哈马斯发生内战，是不是会成为第二个阿拉法特？

亚：阿巴斯是个好人，他努力了，但他的努力遭到拒绝——让巴勒斯坦人交出自卫的武器，意味着投降。他和阿拉法特曾经一起战斗，他们之间比对我更熟悉。每个人有自己的立场，我尊重他们，不指责他们，巴勒斯坦人民将做出评判。

周：你是否担心民族权力机构再次逮捕你？

亚：我已经坐过 9 年监狱，还有什么担心的。逮捕我，不仅会激起哈马斯的反应，还有所有巴勒斯坦民众的反应……

周：你的意思是哈马斯完全代表巴勒斯坦人民？是谁在领导巴勒斯坦人，哈马斯还是巴勒斯坦民族权力机构？

亚：目前我们处于争取民族解放的阶段，而不是与巴勒斯坦民族权力机构争夺领导权的时候。巴勒斯坦建国之后，人民会通过选票决定由谁领导他们。

周：你怎么看待“路线图”计划？

亚：这个问题应该去问以色列人。他们执行“路线图”了吗？

周：以色列提出实现三天停火？

亚：他们的武装直升机还在我们头顶飞，昨天他们还打死一个哈马斯成员，这算停火吗？

周：美国总统布什呼吁切断哈马斯的经济来源，你担心吗？

亚：等他切断了再说。

# 滚滚市声

半年多前，凤凰卫视阮次山先生寄来采访兰提西的录像带，放在柜子里一直没动。兰提西前几天遇刺。忙过当天的报道，忙过了葬礼，喧嚣退去，我想终于是看这盘录像的时候了。

不知录像机出了什么毛病，只有声音，不见图像，怎么调都没用。先是主持人董家耀的声音："各位观众好，今天'风云对话'的对话者，是哈马斯发言人兰提西……"接着，传来兰提西抑扬顿错的阿拉伯语。

黄昏时分，一个人坐在屋里，听这个被"地狱火"导弹打穿身体的人讲话，感觉有些异样。更异样的是，屋顶传来"哒哒哒"的声音，由远及近，越来越大。跑到阳台一看，一架以色列"阿帕奇"武装直升机，闪着红色夜航灯，正飞过我面前，可以清楚地看见玲珑的机身、轻巧的尾翼。"阿帕奇"继续循着加沙海滨公路，向南飞去，速度不快。

“第一枚导弹打在我车前，我和我的儿子迅速跳车……”录像带里，兰提西正讲述早前他第一次遭到以色列导弹袭击、侥幸逃生的经历。他当时还解开衬衣，让我们看弹片在他胸口留下的伤痕。录像带不见画面，我在脑海里“重播”镜头。

“继续圣战，直到最后一个犹太人滚开！”这是兰提西第一次遇袭，遭到4枚“地狱火”导弹袭击逃生后，躺在病床上讲的第一句话。这个哈马斯发言人素以观点强硬著称，但追踪他一年多来的讲话，那是我听到最激进的一次，而且从此再没有降调。2003年6月4日，美国、以色列和巴勒斯坦三方首脑在约旦海滨城市亚喀巴召开峰会，高调启动“路线图”和平计划，没想到此后的一个星期内，40多名巴勒斯坦人和以色列人死于新一轮暴力冲突。兰提西第一次遇袭之后，中止了与巴勒斯坦政府关于停火的对话。

向兰提西致哀三天的最后一天。晚上，哈马斯领导人和大批支持者来到加沙城中部搭建起来的灵堂举行集会。致哀三天中的第一天，灵堂布置简单、仓促得叫我难以置信，连一张兰提西的烈士像都没有；第二天，画像有了，灵堂入口处生意也做起来了，一本薄薄的兰提西《语录》加一张烈士像，5谢克尔，这是从来没有过的事情！以群众支持率为生存之本的哈马斯向来免费发放这些东西。后来有人告诉我，哈马斯的经济来源被切断，穷困潦倒，正呼吁巴勒斯坦人募捐。

灵堂门口，印有亚辛头像的T恤衫也卖起来了。大多是小号，

10 岁以下孩子穿的那种，最小的是婴儿尺码，灵堂周围热闹得像个集市。最后一个晚上，夜市的味道更浓了，身背甜水壶的人都进来叫卖。那是中东特有的风景线，锡制水壶一人多高，顶上还插着鲜艳的羽毛或花朵。

扎哈尔和哈尼亚坐在第二排，所有记者只能隔着铁丝网拍摄。他们俩是哈马斯五人核心领导班子中尚在人世的两个。尽管哈马斯没有公开宣布，扎哈尔实际上已经被视为兰提西的接班人。今晚，坐在这里的扎哈尔神情严肃。

扎哈尔闻讯赶到舍法医院证实兰提西身亡的消息时，含泪对停尸房外面的人群宣布："布什与沙龙毁掉了谈判之路"。

我猜每次闪光灯闪过，记者们心里都在想：这会不会是扎哈尔生前的最后一张照片？

舞台上的哈马斯宣布今天将带给大家一个"惊喜"，请大家耐心等待。"惊喜"之前，是哈马斯成员轮番讲话，全都发誓为兰提西报仇。突然，一个稚嫩的声音通过麦克风传遍全场："我是穆罕默德·萨卜拉，7 岁，我要用这把手枪里的子弹——打死沙龙！"人群齐声回应，铁丝网背后的孩子们更是激动，沸腾热血的音乐也响起来，"我们不会被吓倒，我们不会被吓倒……"

有人把孩子打扮成哈马斯武装人员的样子，让他们穿迷彩服，系绿色头带，扛起火箭模型，或者木头步枪。几个巴勒斯坦记者过去呵斥他们，说这样被人拍照了，有损巴勒斯坦人形象。那些人有点不知所措，悻悻离去，在他们看来，这是向以色列发出的信号：巴勒斯坦人前仆后继。

一个刚会走路的孩子倒提玩具步枪，追打同伴。蹲在地上拍摄的我，脑袋上突然被什么东西重重敲了一下，居然是一个大号卡桑火箭模型从孩子肩头滑落——人群哄笑起来。

“惊喜”终于开始。那是兰提西遇刺前一天录制的讲话，第一次公开播放。投影机将光束打到白布上，四周安静下来。还是那样倔强的甩头、铿锵有力的语气，发言人兰提西不用看稿子，滔滔不绝、绝无停顿地讲了 20 多分钟。这次表态格外强硬，格外分明：“杀死他们（犹太人）、赶走他们，就像当初他们赶走你们……不是我不愿意谈判，但是谈判并不意味着哈马斯会放弃自己的立场，相反，那些愿意加入我们的人，欢迎你们……因为只有哈马斯才是希望，才是未来……”一名巴勒斯坦记者在旁边轻轻对我说，这个表态很危险啊，直接攻击巴勒斯坦现政府。

哈马斯证实兰提西是被巴勒斯坦奸细出卖的。所谓巴奸尾随兰提西的一名保镖到达他的藏身地。当时兰提西戴上阿拉伯头巾，披着斗篷，化装成老者的样子，但巴奸认出了他的保镖，就确定这个人是兰提西。已经处于严密防范之下的兰提西决定中途换乘一辆汽车。贾拉大街上，当他刚刚进入第二辆汽车、一辆白色标致时，“地狱火”导弹赶到。

在生前最后一次讲话的结尾，兰提西说：“我很想再看一看罕尤尼斯，美丽的罕尤尼斯村庄，看一看我的家人，但是，我已经选择了圣战，圣战将继续下去。”兰提西出生的地方并不在加沙地带南部罕尤尼斯，而是在今天以色列城市海法附近。1948 年第一

/ 兰提西葬礼，医生也随人群竖起手指，呼喊“复仇”

次中东战争爆发后，他随父母逃难至加沙，沦为难民。兰提西曾经是治病救人的儿科医生。

光束收拢，讲话放映完毕，集会结束。许多只手奔向舞台前沿，争抢兰提西画像。我拉过身边一个始终仰头专心听兰提西讲话的孩子问："听懂了什么？"那孩子大概七八岁，惊慌地看了我一眼，跑开。

光线昏暗，人潮开始往外涌，跌跌撞撞。一个孩子骑在墙头，举着印有兰提西与亚辛合影的海报高叫，"1谢克尔一张，1谢克尔一张！"

不知道兰提西听不听得见这滚滚市声。

兰提西遇刺之后，以色列关闭了加沙所有对外通道，以防巴勒斯坦人报复性袭击。几天后，西岸印制的阿拉伯语报纸才终于进了加沙。

城里那家据说老板是哈马斯的菜店居然没有关门。我问："为什么没有参加罢市？"伙计说卖菜是城里最主要的营生，不能关，老百姓要吃菜的。他说："但我们肯定会参加罢市，你看店里有我们首领的相片……""怎么没有兰提西的呢？""明天就到货，明天就到。"

一家杂货店老板在拖地板。我探头问："开着吗？"他说："当然，请进。"

"为什么不罢市？""头两天参加了，第三天了，算了吧……"

平日买菜的那家小店半掩门户，里面却是照常营业。"你没有参加罢市吗？""参加啊，所以我只开了半扇门。"老板穆罕默德说道。谈话间，一名妇女进来张望了一下，嘱咐穆罕默德留一棵新鲜生菜。“你看，有人要吃菜，我也得把店里的菜卖了啊。”

## 阿巴斯："我将作为一名士兵回来"

走进电梯，"巴勒斯坦之声"电台记者麦哈摁下了"4"，转头问我："知道吗？阿拉法特之后，阿巴斯就是国家元首了……"

2004年7月11日来到位于西岸城市拉姆安拉南部、属于巴勒斯坦中央银行的这栋灰色大楼，巴勒斯坦前总理阿巴斯办公室在第4层。电梯门口从上至下挂着几块牌子：巴勒斯坦谈判事务办公室、巴解组织执委会、巴勒斯坦民族权力机构办公室……都在4层。

2003年9月6日辞去总理职务，阿巴斯同时撇下了除巴解组织执委会主席之外的所有头衔。事实上，自那以后，他拒绝参加任何巴解组织会议。但是，他并没有"休息"，数度访问埃及、海湾国家及俄罗斯。外界猜测，阿巴斯有望接替阿拉法

/ 阿巴斯在会议中

特的职务。

入口处是保安，一张木桌，没有任何摆设。整个 4 层都是阿巴斯办公室。墙壁雪白，没有任何挂像或者图画。回旋的走廊，好似迷宫，每间办公室都相同，空荡荡的白墙，好像少了点什么。

桌上，一支乐富门香烟刚刚点燃，人却不在。“英提萨尔！”麦哈低声呼唤，走廊里一个苗条的身影飘过来，正是阿巴斯办公室主任英提萨尔。这是个不包头巾的阿拉伯妇女，齐耳短发，喝不加糖的土耳其咖啡，抽烟姿势非常优雅。

距离采访时间还有半小时，就在英提萨尔办公室等候。麦哈与英提萨尔相熟，说起我正准备采访阿拉法特的事情。“阿拉法特办公室的人要求先把问题传过去，没想到最后只在其中的 5 个问题上打了‘勾’，其他统统否定……”传去的 10 多个问题中，所有关于流血冲突、软禁、健康问题等等全部遭到拒绝，第 6 个“勾”是“谢谢您接受我的采访”。麦哈说，实际上阿拉法特本人根本没看到这些问题。

据说这是一名英国记者的问题引起阿拉法特不悦之后，阿拉法特官邸为限制记者提问出台的“新规定”。“是吗？”英提萨尔拖长了调子问，“听说他们还向记者收钱呢……”掐灭烟头，她转向我说，“你可以问阿布・马赞（阿巴斯）任何问题……不过，你还是不要问关于他与阿拉法特关系的问题，记者们问得太多，他有点不耐烦……”

“那可以问你吗？他们俩真的相互不讲话了吗？”

“绝对，绝对不讲了。”

英提萨尔并不避讳谈论阿巴斯与阿拉法特的关系。“阿拉法特与阿布·马赞之间并不是权力争斗，而是工作方式不同；阿拉法特认为阿布·马赞要夺他的权力，完全错了……”

“不是人民领导我，而是我领导人民”，这是阿巴斯的信条——即使一些决定得不到人民的理解，领导者还是要去实施，因为他知道这最终还是为了人民的利益。英提萨尔说，阿拉法特更善于“讨好”群众。

但是，不得不承认阿巴斯在人民心目中的地位与“巴勒斯坦事业”象征阿拉法特不可同日而语。“阿巴斯到加沙地带北部查看遭到以军摧毁的巴勒斯坦人房屋，他受不了那里的尘土；而阿拉法特随时可以同百姓同吃同住。”一个巴勒斯坦人这样对我说。

“我们的问题是，人们容易相信谣言……阿布·马赞不爱讲动听的话，这方面他很吃亏。”英提萨尔说，他们正在筹建一个宣传阿巴斯的网站。

采访在一间稍大些的会议室进行。沙发背后是一杆巴勒斯坦国旗和大幅金顶清真寺照片。

“对了，昨天电话里我问你是文字还是电视采访，只是为了确认一下。”英提萨尔说。阿拉法特官邸有条不成文的规定，电视采访优先，有时只接受电视采访，所以听到英提萨尔的问题时，我犹豫了一下。“今天需要摄像师吗？”我问道。英提萨尔笑了：“不，没有镜头他讲起来更自由，因为他是个害羞的人。”

几分钟后，一个穿深灰西服的人影悄无声息地进来。正是阿巴斯，没有任何人陪同，他踱着方步走进来。

“新华！”阿巴斯微笑着伸出手来，脸上少了10个月前辞职危机的“风霜”，精神饱满。

感谢他接受采访之后，我开始提问：“您会重返巴勒斯坦政治舞台吗？”

“‘重返政治舞台’和重新在政府中担任职务概念不同。我保留了巴解组织执委会主席职位，所以从来没有离开过巴勒斯坦政治舞台；至于在政府中担任职务，不，我不会，也没有这个愿望……”

“您‘投降’了吗？”

阿巴斯笑了，“不！我绝对没有投降，只是现在时机不成熟，没有必要再来一次，当时的经历非常痛苦，非常困难，够了……”

“什么才是您重返的‘成熟时机’呢？”

“‘时机’对于我来说，并没有清楚的定义……只是我不想白白努力。”

不出所料，阿巴斯不会直接回答外界的猜测。

“您保留了巴解执委会主席职务，但不再出席任何执委会会议，为什么？”

“因为巴解执委会已经是个风雨飘摇的机构，不能为巴勒斯坦人民的利益服务，也无权做出任何决定，我拒绝成为这种‘什么都干不了’的机构一员……”

阿巴斯解释自己频繁出访，并不代表巴勒斯坦政府，只是向那些国家阐述他的“个人观点”。“我的访问是有效果的，无论在政治还是经济方面……但这些成果都不代表巴勒斯坦政府，只是我个人为巴勒斯坦人民做些事情。”

阿巴斯担任总理期间，实施了130天的改革。呼吁停止武装斗争、粉刷所有反以标语、会见沙龙、冻结巴勒斯坦激进组织财产……阿巴斯带来了新气象，也招致猛烈批评。

“您确实是在内外压力之下辞职。但是，您本身有没有什么过失呢？改革的步子是不是太快？”

沉默数秒，阿巴斯说：“害怕犯错误的人，一定无所作为，世界上没有笔直的道路……事实上，当我发现继续担任总理将引起内战，引发流血事件，我不得不解散总理班子。”

但是他表示，如果再来一次，还将实施一样的政策。“现在我就可以告诉你，如果我重新担任职务，我的政策还是‘一个政府、一支合法武装、一部法律；实施经济改革、改革管理体系、结束现有腐败状况’……”

“坦白说，许多巴勒斯坦人不理解您，他们指责您为美国和以色列的利益服务……”“我是不是‘走狗’或者‘骗子’，并不重要，重要的是，我的工作为百姓带来福利，我的工作使巴勒斯坦人看到希望……我当总理期间，每星期都有人到我的办公室门前示威，那些人都是别人花钱雇来的……”

阿巴斯透露，2003年6月28日哈马斯宣布同意停火三个月之后，他每星期仍然打电话给亚辛及其他哈马斯、杰哈德等派别官员。不仅谈论停火，还探讨如何共同建设巴勒斯坦社会。“我的最大成就在于，说服亚辛同意在1967年边界内宣布巴勒斯坦建国……”

“哈马斯与巴勒斯坦政府之间存在竞争，您不认为亚辛遇刺在一定程度上有利于巴勒斯坦政府控制内部局势吗？”“每个国家的政府都可以由不同政党组成，我曾经对亚辛说，如果你们能在大选中获胜，并通过巴勒斯坦立法委员会信任投票，那你们就接管政府，只要一切程序都合法。”

担任总理后，阿巴斯主动要求会见沙龙。“因为他是民选的、合法的以色列总理。”阿巴斯说，“我不认为他能实现和平，他是个难打交道的人，很顽固，他有他的计划，他的野心……但必须与他对话，使用武力同他较量是错误的，我们进入了一个原本不属于我们的角斗场。”

“100 年了，巴以双方相互不了解。有些以色列人还以为巴勒斯坦人青面獠牙、长着尾巴，我们必须了解他们，也使他们了解我们。直接接触是沟通的最好办法，30 多年前我就说过，‘必须同他们谈判，以便相互了解’……”阿巴斯是巴勒斯坦高层屈指可数的以色列社会问题专家。

原定半小时的采访，由于阿巴斯兴致很高延长到一小时。其间，他三次按铃叫人进来点上红色外壳的“万宝路”香烟。

“听说您有望成为巴勒斯坦民族权力机构主席，是真的吗？”最后我不得不直截了当地问。

“不，根据法律，一旦现任主席无法履行职责，立法委员会主席将接替他的职务，直到进行大选……”

“那您会参加大选吗？”

“这是另外一个问题了……参加大选也不能保证获胜，不是吗？当巴勒斯坦政府走上正确轨道的时候，我指重整安全部队、任命适当的内政部长之后，我将作为一名士兵回来。”①

离开阿巴斯办公室，电梯在第三层、第二层都停下。电梯门开合的时候，我看到对面办公室墙上都挂着阿拉法特像。

① 2005 年 1 月，马哈茂德·阿巴斯当选巴勒斯坦民族权力机构主席。2016 年 11 月，他再次当选法塔赫主席。

# 后 记

2005 年初版结尾我这样写道：

离开加沙两个月后的一天，我穿上了裙子。耶路撒冷街头，商店镜子里看到自己，有点怪异。

两年来第一次穿裙子。开始怀念加沙那个黑衣黑裤黑包黑相机的我。习惯了黑，没有想过要逃离，在黑色中沉淀下来，安静而木然。

穿上裙子的这一天，突然有些思绪青藤一般爬上心头。朋友在电话里说，那是正常生活的呼唤。

“你终归要走的！”这是我对自己，也是巴勒斯坦人和以色列人经常对我说的话。记者总是从别人身上榨取故事，然后走掉。我总有穿上裙子、看到正常生活在彼岸的一天，他们呢？

刚刚回到国内时，眼前常常有中东生活的影子突然闪过。日子久了，想找回当时的感觉都很难。记忆的接缝如此完美，琐碎生活的力量如此之大。玻璃窗上的震颤、爆炸的轰鸣、绝望的呼喊、刺鼻的血腥……窗外阳光灿烂，人群熙攘，那一切恍如隔世。

即使亲身经历归来，我都难以确信，在世界另一端，有一群人，仍然继续着他们的冲突——以一种低烈度，却无休无止的方式。翻看昔日照片，我无法坦然面对他们的眼神。

传说中离上帝最近的地方。

鲜血与死亡，在意料之中，尽管触目时仍然惊心。没有料到的，是人心竟可以变得如此麻木——即使像我这样的过客，也会因为见惯，而无泪可流，无所畏惧。贫穷、绝望和持久战乱中，生命不再受到尊重，麻木是暴力循环的开始。

常常感慨，在修建隔离墙之前，巴以间早就有了一道墙，墙两边不了解对方的生活状态，所以可能轻信“妖魔化”对方的言论。沟通，才有理解，而至宽容。然而，“冲突激烈的时候，没有人用西蒙·佩雷斯（以色列前总理，主张通过和谈解决问题）的语言讲话”。美好的意愿在暴力循环面前，总是脆弱无力。

本书初稿完成时，再次遇到以色列圣经博物馆“亚伯拉罕与伊伯拉罕”活动负责人亚胡达（见《大同·亚伯拉罕与伊伯拉罕》）。当天，正是一期交流活动闭幕，阿拉伯学生与犹太学生举行庆祝晚会。我问致力于促进两个民族沟通的亚胡达：“活动成功吗？”他想了想回答：“我很高兴。”他说，知道自己所有的努力不过是“大海里的一滴水”。

突然间，我对亚胡达以及他的阿拉伯同事哈利利充满敬意。明知杯水车薪，仍然不弃不离。烽火烧不尽的，是人性中光明的部分。

牵肠挂肚。本以为这两年只是生命中的一段拼打，很快过去，还有“正常”的日子要继续；许多人，本以为是过客，却已经成为生命中的一部分。没有日子不着痕迹。

无论从职业角度，还是人生经历，我都是幸运的。初次驻外，就到了全世界新闻的“焦点”；还算年轻的时候，就直接面对“生与死”的核心问题。用两年转了一个圈子，却发现面对的还是自己。也许有些改变现在还无从分辨，有些什么开始在心底生长。

十多年过去，今天看待巴以冲突，犹如活化石。仍然是旧的战争思维：为了土地。悲哀的是，就连整个中东的焦点，都转向了伊朗核问题、新能源革命和国际恐怖主义。今天世界上发生着两件极其不平等的事情：一是高科技迅猛发展，人类命运“共同感”加强；二是主要国家政府仍然提高军费，各自提防。换句话说，形成两幅落差很大的画面：一群人或许殖民火星，同时另一群人在地上用石头相互攻击。未来的科技发展，可能让现在的主要政治问题都变得荒谬，彻底改变人类社会的权力结构。没有人知道，百年冲突，或许会以意想不到的方式终结？几乎可以肯定的是，未来巴以问题不再重要，但那里的人们，他们的命运不该被遗忘。